L'ÉCHAPPÉE D'ADÈLE

Du même auteur

Move On Up : La Soul en 100 disques, Le mot et le reste, 2018
Kendrick Lamar : de Compton à la Maison-Blanche, Le mot et le reste, 2020
Boulogne : une école du rap français, JC Lattès, La Grenade, 2023

www.editions-jclattes.fr

Nicolas Rogès

L'ÉCHAPPÉE D'ADÈLE

Roman

LA GRENADE
JC Lattès

Illustration de couverture : Virginie Thorel
Maquette de couverture : Jean-Philippe Gras

ISBN : 9-782-7096-7029-6

Première édition : mai 2024

Pour ma grand-mère Adolia :
j'aurais aimé que tu puisses lire ces mots.
Je crois qu'ils t'auraient plu.

1

Elle n'a pas envie d'y aller cet après-midi. Elle ne veut pas mettre ses chaussures, ni sa veste parce qu'il commence à faire froid. Elle ne veut pas sortir de sa chambre et les rejoindre. Eux, là-bas, qui déambulent en silence. Elle rechigne à marcher au ralenti, elle voudrait les pousser pour qu'ils avancent plus vite, leur sortir la langue de la bouche pour qu'ils disent enfin quelque chose. Elle déteste faire semblant que tout va bien, s'asseoir sur une chaise de jardin et sourire à tout le monde, renvoyer une balle en plastique pour se dégourdir les bras. Elle ne veut pas jouer à leurs jeux stupides.

Adèle en a assez qu'on s'adresse à elle comme à une vieille sénile, qu'on hausse la voix pour lui parler comme si elle était sourde, qu'on détache chaque syllabe comme si elle ne comprenait plus rien. Elle veut qu'on lui apporte son goûter à 16 heures pile, comme tous les jours, et qu'on referme ensuite la porte de sa chambre. Qu'on la laisse tranquille.

La compagnie de ses souvenirs lui suffit, et elle ne voit pas l'intérêt de s'en créer de nouveaux avec des personnes qui partiront bientôt. Elle les a vus plusieurs fois, les camions de pompiers et les brancards, les corps couverts d'un drap blanc. Elle a remarqué que, quand ils s'amènent, il y a une place vide le lendemain à la table du petit-déjeuner. Quand on quitte cette maison, c'est pour ne jamais revenir. Alors un nouveau visage ridé apparaît, comme par magie. Presque sans qu'elle s'en rende compte, il entre dans leur vie et s'assied à son tour sur les chaises du salon, avec les mêmes membres fatigués, les mêmes yeux tristes, puis gobe ses médicaments sans protester. Adèle se demande qui sera le prochain sur la liste. Qui occupera sa chambre, son lit, et imprègnera ses murs de l'odeur de la vieillesse. Ça la travaillait déjà à son arrivée, mais depuis quelques semaines, elle se surprend à espérer que cela arrivera bientôt.

Elle en a assez des marques sur ses bras à force de subir des piqûres d'insuline, de ses couches trop encombrantes qu'elle souille sans s'en apercevoir, de ses jambes chancelantes et de son cerveau qui s'évapore. Un ouvrier sadique a percé un trou dedans et, depuis, il s'éparpille aux quatre coins de son passé.

Anna, l'aide-soignante, avec sa jolie tête toute ronde, lui demande de venir avec eux, la supplie presque : « Vous savez bien que c'est pas pareil sans vous, Adèle, on s'amuse beaucoup moins ! » C'est vrai qu'elle met de l'ambiance et essaye de les réveiller quand ils commencent à somnoler. Elle les provoque, les taquine, pique leur orgueil pour qu'ils réagissent et se rebellent. Elle ferait n'importe quoi pour les sortir de leur torpeur.

Ils auront bientôt ravalé leur bouillie, sali leur bavette de soupe fadasse et rallumé la télé pour regarder ses images défiler. Ils rentreront vite dans leur chambre pas assez ensoleillée pour se coucher dans des draps pas assez propres, oublieront rapidement leurs échanges pas assez vifs et les visites de leur famille, trop éloignées.

Alors, sachant tout ça, sachant qu'aucun d'eux ne pourra y couper, Adèle se lève et les rejoint. Pour mettre un peu de vie dans cet endroit où tout sent la fin.

2

Une ambulance est garée devant la maison de retraite, gyrophares allumés. Sa porte arrière est ouverte, prête à accueillir un nouveau corps. Les lumières bleue et rouge éclairent le goudron gris, colorent la nuit naissante et attirent les curieux. Fascination morbide.

Un brancard sort du bâtiment, recouvert d'un drap. Des chaussures d'homme dépassent. Je souffle, soulagé. Je passe devant l'ambulance, tête baissée, laissant derrière moi ces visions de mort, et pénètre dans l'établissement. Je traverse l'accueil, tourne à droite en direction de deux portes battantes. Je presse un bouton. Elles s'ouvrent dans un déclic.

Toujours la même odeur, un mélange de pisse et d'excréments, de sueur et de produits d'entretien. Pas un bruit dans la salle commune, les résidents ont dû être raccompagnés dans leur chambre pour laisser les médecins et les ambulanciers effectuer leur travail funeste.

D'ordinaire, lorsque la porte d'entrée s'ouvre, toutes les têtes se tournent vers le nouvel arrivant dans l'espoir que quelqu'un vienne les divertir. Ce ne sont en général que des infirmiers ou des aides-soignantes, mais cet espoir les fait survivre. On ne vit pas vraiment dans un endroit comme ça, on attend.

Le moindre effort est un chemin de croix. Ils s'accrochent puis lâchent. Ils pleurent sans savoir pourquoi. Ils pleurent une vie dont ils ne se rappellent que de bribes. Ils pleurent parce que leurs enfants ne supportent plus de les voir dans cet état. Ils pleurent parce qu'ils aimeraient les voir sourire de nouveau, parce qu'ils ont envie de hurler mais qu'aucun son ne sort. Ils pleurent parce qu'ils sont prisonniers du silence.

Le sol colle sous mes pieds. J'ai l'impression de marcher dans une eau boueuse. Une lumière grésille, si bien que la pièce est plongée par intermittence dans une obscurité angoissante. De la vaisselle sale est posée sur le plan de travail, des verres s'empilent dans l'évier et des morceaux de Sopalin usagés traînent sur les quatre tables rondes qui décorent la salle. Les chaises ne sont pas rangées, comme si leurs occupants avaient dû se lever à la hâte.

La pièce est plus silencieuse qu'elle ne l'a jamais été. D'ordinaire, elle résonne des grognements d'hommes et de femmes qui insultent le personnel ou exigent qu'on leur serve le repas. Elle s'anime des aides-soignantes qui se précipitent pour répondre à un besoin pressant, ouvrent le micro-ondes pour en sortir un plat réchauffé, placent des couverts autour des assiettes blanc cassé, donnent la becquée aux malades, soupirent de lassitude, tombent de fatigue.

Je me dirige vers la chambre de ma grand-mère, passe devant plusieurs portes entrouvertes dont je n'ose pas m'approcher. Ce calme m'écrase. Les souvenirs m'étouffent et ma tête s'agite de tout ce qui m'empêche de trouver le sommeil quand la nuit rôde.

Au cours d'une de mes dernières visites, Adèle m'a parlé comme si elle savait ce que je m'apprêtais à faire aujourd'hui. Comme si elle voulait me retenir, pour m'empêcher de m'abîmer. Elle avait pris ma main, puis l'avait tournée, paume vers le bas. « Tes mains sont lisses, pleines de vie. » Elle avait observé ensuite les siennes pendant quelques secondes. « Les miennes sont fripées comme du papier froissé. Et regarde mes doigts, tout tordus. On dirait qu'ils veulent s'échapper mais ils ne vont pas dans la bonne direction. »

Elle avait commencé à gratter le bouton de chair qu'elle a sur la main. Une protubérance de peau qui saigne et que les aides-soignantes recouvrent d'un bandage. Personne ne sait à quoi il est dû. C'est le problème avec les patients comme Adèle : les médecins estiment que tout ce qui n'a pas trait à leur pathologie – une plaie peu profonde, un étourdissement soudain ou des hématomes qui courent sur le corps et tapissent chaque parcelle de leur peau vierge – n'a pas d'importance, comparé à ce qu'ils endurent au quotidien. J'avais essayé de l'empêcher de se gratter en lui rappelant les mots du docteur. « Qu'il essaye d'avoir le même sur le cul, et on verra s'il faut pas s'en inquiéter. Ah, celui-là ! Si les cons volaient, il serait chef d'escadrille ! »

J'avais couvert sa main de la mienne. Sa peau était fraîche, je voyais ses os pointer sous des taches de vieillesse, couler vers un poignet fragile et s'aventurer sur ses bras maigres, couverts de bleus. Les traces de ses déplacements maladroits et surtout des meubles qui se mettent en travers de son chemin. Elle en plaisantait souvent : « Tu te rappelles les Schtroumpfs ? Petit, tu les aimais tellement que je me suis dit que j'allais me transformer en eux, juste pour toi ! »

Adèle entendait mieux que personne les choses que je ne disais pas. Elle avait resserré son étreinte, comme pour enfermer ma main sous des montagnes d'amour et la garder là pour toujours, posée sur sa cuisse. « Tu dis que tu te sens de plus en plus faible, mais t'es en train de me broyer la main, mamie ! » Elle avait souri, puis, sans la lâcher, m'avait répondu en riant : « Le résultat de mes séances de musculation quotidiennes : si tu crois qu'on chôme ici, tu te mets le doigt dans l'œil, mon p'tit ! »

Arrivé à destination, je pousse doucement la porte de la chambre. Ma grand-mère est assise sur un fauteuil, dans le noir total. Elle a les yeux fixés sur un petit poste de télé mais elle ne le regarde pas. Elle ne bouge presque pas, ses deux bras posés sur les accoudoirs. Je reste un instant à l'observer.

Puis j'allume la pièce et m'agenouille près d'elle. Ses joues sont mouillées et ses yeux rougis. Elle porte un t-shirt marron qu'elle n'a sans doute pas quitté depuis la veille. Ses cheveux sont à moitié décolorés et négligés. Elle, d'ordinaire si coquette, semble avoir renoncé à l'élégance.

Je lui secoue l'épaule et, dans ma main, je la sens si frêle que j'ai peur de lui faire mal. Je lui dépose un baiser sur le crâne. Elle soupire en me regardant avec amour. Je voudrais le capturer, ce regard, et le garder près de moi pour le ressortir quand les traits de ma grand-mère s'estomperont à mesure que le temps fera son œuvre.

— Je sais pas pourquoi on nous a fait retourner dans notre chambre. Il y a eu tout un remue-ménage et on nous a dit qu'il fallait qu'on reste ici tranquilles.

Pas un mot sur les larmes qui ont coulé juste avant mon arrivée.

— Alors j'ai allumé la télé, tu sais bien que j'ai le silence en horreur !

J'acquiesce, aimerais dire quelque chose, mais n'y arrive pas.

— Qu'est-ce qu'il y a, mon chéri ? Pourquoi tu dis rien ?

Elle me dévisage comme si j'étais fou, scrute mes traits à la recherche d'une réponse. J'articule :

— Attends-moi ici.

Je ressors de la chambre, vérifie que les couloirs sont toujours vides. Un rapide coup d'œil vers l'extérieur et je constate que l'ambulance est toujours dehors. J'entre dans une pièce située près de l'entrée, réservée au personnel. Je récupère toutes les couches que je peux porter, les apporte jusqu'à la chambre et les jette sur le lit. Huit en tout, de quoi tenir trois ou quatre jours.

Je me rends ensuite là où sont entreposés les médicaments, fouille dans les tiroirs, déverse leur contenu sur le sol, jusqu'à trouver ceux réservés à ma grand-mère. Quelques pilules, des seringues d'insuline, des appareils de mesure de glycémie, des bandelettes, des cachets d'aspirine et d'autres médocs, tous aussitôt enfouis dans les deux poches de ma veste. Je regagne la chambre. Ma grand-mère est debout et commence à s'inquiéter.

— Mais qu'est-ce qui t'arrive ? Qu'est-ce que c'est que tout ce bazar sur mon lit ? Enlève-moi tout ça, tu veux ? J'aimerais me coucher maintenant !

Je remplis à la hâte la valise utilisée deux ans plus tôt lors de l'emménagement d'Adèle dans la maison de retraite. J'y balance sous-vêtements, chemisiers, pantalons, vestes, pulls, écharpes, tout ce qui me tombe sous la main. Déjà, j'entends de l'agitation à l'accueil et le personnel revenir. Les aides-soignantes vérifient que les résidents sont bien dans leur chambre. Celle d'Adèle est la cinquième du couloir. Je redouble de vitesse, récupère ce que je peux, tasse les vêtements au fond de la valise. Je tente de la fermer mais elle est capricieuse : je force, rapproche les deux bords en appuyant mon coude sur la partie supérieure.

— Tu vas me dire ce qu'il se passe, bon sang ? Tu me fais peur !

— J'ai besoin que tu me fasses confiance, d'accord ? Tu ne m'aides pas là !

Je regrette ma brutalité. Je parviens à fermer la valise juste au moment où l'aide-soignante, Anna, ouvre la porte.

— Madame, tout va bien ? Est-ce que je peux…

Elle se fige en me voyant, le front légèrement brillant de transpiration.

— Ah ! Mathieu, c'est vous ! Vous m'avez fait peur !

Tout le monde me connaît ici. En arrivant, je salue presque tous les résidents, serre la main de vieillards que certains n'osent plus toucher. Je le vois bien : ils se sentent de nouveau humains grâce à ce geste anodin.

— Ma grand-mère commençait un peu à s'agiter et à se demander ce qu'il se passait. Je suis arrivé au bon moment.

— Est-ce que je peux vous parler un moment ? En privé ?

J'acquiesce et la suis dans le couloir. L'aide-soignante croise les bras et me fixe avec un air soucieux.

— Je ne sais pas si je suis autorisée à vous le dire car je ne suis pas médecin, mais votre grand-mère a un comportement inquiétant ces derniers temps.

— Qu'est-ce que vous voulez dire ?

— Vous vous rappelez ce qui s'est passé avec Mme Tamberg le mois dernier ?

— La connasse qui l'a poussée par terre ? Oui, je me souviens bien.

— Pas de ça ici, voulez-vous ? Ces gens sont malades, vous le savez aussi bien que moi.

Je l'invite à poursuivre en feignant d'ignorer sa remarque. Anna murmure presque.

— Votre grand-mère a de plus en plus d'hallucinations. Elle voit des bébés dans le couloir, parle à sa mère comme si elle était là, voit des inconnus sur le pas de sa porte…

— Jusque-là, rien de bien nouveau.

— Ça s'aggrave, Mathieu. La semaine dernière, on l'a surprise en plein milieu de la nuit au chevet de Mme Tamberg, avec une paire de ciseaux entre les mains.

J'imagine ma grand-mère en robe de nuit blanche se lever, fouiller dans son tiroir, trouver sa paire de ciseaux à bouts ronds, refermer le tiroir et se diriger vers le couloir. Son cerveau répond à un ordre mystérieux, somnambule en quête de vengeance. Sa main pousse la porte de la chambre de sa future victime, son regard se pose sur le lit. La lame froide des ciseaux serrée dans sa paume.

— Et qu'est-ce que vous voulez que je fasse ?

— Vous, vous ne pouvez rien faire. Mais les médecins parlent de la transférer dans l'aile Est. Je préfère vous prévenir.

L'aile Est et son nom d'une horrible banalité. Terrain de jeu des dépendants. Un mouroir où on bégaye plus qu'on ne parle. Les pieds ne foulent plus rien d'autre que le marchepied d'un fauteuil roulant. Des vieillards passent leur journée à tourner en rond dans un simulacre de promenade. La porte de la chambre s'ouvre sur ma grand-mère qui nous observe.

— Tout va bien ?

— Tout va bien, madame, je parlais juste avec votre petit-fils. Discutez de tout ça avec votre mère, d'accord ? dit Anna en s'adressant à moi. Et ne dites à personne que je vous en ai parlé, je vous fais confiance.

Je récupère la valise et, sans prendre soin cette fois d'éviter les regards, je traverse la maison de retraite, trouve ma voiture sur le parking, l'ouvre et jette la valise sur la banquette arrière. Puis je retourne dans la chambre et prends Adèle par la main. Sa vie est réduite à quelques mots, quelques odeurs, à des formes et sensations chancelantes.

Je ne peux plus m'y résoudre.

— Écoute-moi, mamie. Je vais te dire ce qu'on va faire. Écoute-moi comme tu ne m'as jamais écouté.

3

Tu ne peux pas m'ignorer Adèle. Cette foutue maladie nous rapproche tous les deux du vide, et ça me fait peur. Alors j'ai envie de m'accrocher aux secondes qu'il nous reste. Je vois bien que tu fais tout pour que ceux que tu aimes ne disparaissent pas. J'essaye de les retenir moi aussi, mais ils me filent entre les doigts. C'est une chose terrible de ne plus se souvenir. Tu veux rester ici, parce que tu as l'impression qu'il ne te reste plus assez de force. Mais je pense qu'on en est capables. Tous les deux, comme au bon vieux temps. Tu pensais vraiment que je laisserai passer une occasion de nous sortir d'ici ?

Adèle aurait préféré que son cerveau la laisse tranquille. Son vicieux, son malade petit cerveau. Elle sent bien qu'il vacille. Alors elle ment pour tromper son monde. Elle dit se souvenir de tout, mais il ne reste qu'une moitié de famille. Le reste s'effrite à mesure que les jours passent.

Plus que de la tristesse, elle ressent de la peur. Une peur mordante, qui enfonce ses crocs dans sa chair à chaque réveil, celle du jour où elle ne reconnaîtra plus sa fille, son fils, sa petite-fille ou son petit-fils. Mathieu. La peur du jour où elle ne le reconnaîtra pas lorsqu'il entrera dans sa chambre. Où elle verra ses yeux se remplir de larmes quand il comprendra. Une fois partis, les visages ne reviennent pas.

Elle sait que c'est inévitable. Qu'on peut toujours essayer de courir, mais que la terre n'arrêtera pas de tourner, de vaciller, de trembler et de creuser des cratères où se précipitent des vies tronquées. Se souviendront-ils de la personne qu'elle a été avant tout ce désordre ?

La mémoire devrait être identique aux photos : ne garder que les sourires, sécher les larmes et cicatriser les plaies. Elle y a pensé, à partir seule dans son lit, entourée de ses centaines de photos prises dans sa jeunesse. Elle les aurait éparpillées autour d'elle pour leur rappeler, à tous, qu'elle était tout ça, et pas seulement ce corps dépendant. On ne brûle pas les photos dans les crématoriums, on les garde près de nous.

Pour retarder l'échéance, elle note tout ce qu'elle peut dans des carnets qu'elle range sous son matelas. Elle retranscrit des dialogues, raconte ses journées, dessine parfois des visages, les décrit en détails. Et les relit régulièrement pour les ancrer. Elle les consulte quand elle sait que quelqu'un va lui rendre visite, consciente qu'avec le temps elle finira par oublier de les lire, et qu'ils resteront perdus sous son matelas, écrasés.

Mathieu, petit-fils. Anniversaire : 16 juin 1991. Petite amie : Esther. Cheveux roux, yeux marron souvent tristes, grain de beauté sur la joue gauche. Dans le marketing, déteste son travail. Penser à ne pas trop lui en parler. Souvent mal rasé, aspect un peu négligé. Lui dire de se reprendre en main. Surtout s'il veut changer de travail. Grand, disons dans les 1,90 mètre, t-shirts souvent fantaisistes. Penser à lui dire de grandir encore un peu.

Des objets disparaissent souvent de la chambre d'Adèle. Des stylos, des photos. Des vêtements aussi. Quand elle s'en rend compte, elle accuse d'abord les résidents, fait le tour des chambres, vide parfois des tiroirs, inspecte des bureaux et des penderies. Elle crie qu'elle trouvera le salopard qui lui a volé une partie d'elle-même, avant d'être calmée par des aides-soignantes, qui cherchent ensuite avec elle, et retrouvent ses affaires à la place où elles ont toujours été. Parce qu'ici, rien ne bouge.

Elle déteste cet endroit mais elle n'est pas sûre d'avoir préféré ce qui a précédé son arrivée. Quant à sa vie encore avant, avant qu'elle ne se souvienne plus, elle ne saurait le dire. Tous les jours, à la même heure, elle montait péniblement dans le bus en prenant appui sur sa canne. Jamais un siège n'était libre. Les passagers étaient rivés sur leur portable ou somnolaient, des écouteurs enfoncés dans les oreilles. Elle les fixait un à un, dans l'espoir qu'ils la voient, frêle et instable alors que le chauffeur slalomait entre les véhicules. Une personne au sourire bienveillant lui laissait presque systématiquement sa place au cours du voyage. Elle acceptait. Le poids des années se faisait plus pesant, et leur regard compatissant la transperçait. Assise près de la fenêtre, elle se perdait dans le paysage qui défilait sous ses yeux. Elle n'en voulait pas, de cette fausse pitié, de ce respect soudain pour une personne qu'elle refusait d'être. S'ils avaient pu la voir plus jeune… Elle était belle, lumineuse, amoureuse aussi. Elle gardait le souvenir de ces nuits d'ivresse et des matinées trop courtes, de la chaleur du corps d'un homme dont le prénom lui échappe aujourd'hui. De ce besoin permanent d'air et de liberté. Pourquoi ne pouvaient-ils pas voir ça ? Elle voulait courir après sa jeunesse mais ses jambes étaient trop fatiguées. Alors, elle attendait que le temps la recouvre d'une épaisse couche de vieillesse. C'est long une vie comme ça.

Son siège du bus a laissé place à une chaise en bois, trônant dans la salle commune d'une maison de retraite. Condamnée à espérer que l'on vienne lui rendre visite pour tromper l'ennui, juste le temps d'une heure.

Assise sur le rebord de son lit, elle écoute Mathieu lui expliquer comment ils vont s'évader d'ici.

4

« 40, 10 et 9 ! » annonce Marc en passant près de son collègue. Il laisse tomber un dossier devant son ordinateur en faisant le plus de bruit possible, puis s'assied, pose les deux pieds sur le rebord de son bureau, passe les deux mains derrière sa tête et fait mine de piquer un somme.

— De quoi tu parles ? lui répond Clément, las.

— LeBron, hier soir. 40 points, 10 rebonds et 9 passes. En *playoff*. Ça t'emmerde, hein ? le provoque-t-il en ouvrant nonchalamment un œil.

— Michael Jordan faisait ça tous les jours au p'tit-déj, mec.

Marc s'assied plus confortablement puis se penche vers son collègue. Il plonge son regard dans celui de Clément, prend une bouchée de son sandwich à moitié entamé, essuie le filet de graisse qui coule sur son menton puis déclare, avec tout le mépris dont il est capable :

— Jamais vu un type aussi borné que toi. Le gars pourrait te piétiner la tronche que tu serais incapable de voir qu'il…

— Les branleurs, quand vous aurez fini de vous toucher sur des mecs en short qui courent après une balle orange, venez me voir dans mon bureau, ordonne une voix derrière eux.

Délicate, discrète, douce et diabolique, Jo passe en coup de vent près de Marc et Clément et jette un coup d'œil vers la machine à café où un troupeau se réunit à heure fixe. Arrivée devant son bureau, elle pousse la porte qui la sépare du reste de son équipe, la referme pour profiter de quelques instants de silence puis s'installe devant son ordinateur en attendant ses collègues.

À trente-neuf ans, ses traits sont déjà tirés, des cernes noirs dessinent en permanence le contour de son regard, et son chignon, strict et dont aucun de ses cheveux blonds ne dépasse, semble sculpté dans le marbre. Elle est belle, pourtant, mince, les muscles saillants, les yeux bleu clair et le maintien royal – indispensable pour gérer une bande de bras cassés éparpillée dans les 95 m^2 de son étage.

« Service des personnes disparues ». Cela sonne plutôt bien pour un travail qui ne bénéficie, hélas, d'aucun prestige : la plupart du temps, ils se contentent de faire des tours de voisinage, interroger des proches, recueillir leur peine et promettre des choses dont ils n'ont aucune certitude. « On va la retrouver votre fille, vous en faites pas. » Des mots mécaniques, des phrases toutes faites auxquelles personne ne croit, sinon ceux que l'espoir aveugle. « Dans un trou, une décharge, au fond d'une rivière : c'est là qu'on la retrouvera votre fille. » Voilà ce que, chaque fois, Jo voudrait leur annoncer.

Elle en crève de tout ça, en rêve la nuit. Elle gobe ses angoisses au petit-déjeuner pour recracher son amertume le soir. Une fois le corps découvert, sa mission s'arrête tandis que l'affaire est reprise par un service « plus compétent » pour trouver le coupable. Pas vraiment ce à quoi elle aspirait. L'ivresse d'une supposée carrière a toujours poussé Jo à accepter des boulots qui ne la faisaient pas vibrer.

Comme chaque fois qu'elle broie du noir, ses pensées se tournent vers son père. C'est lui qui a choisi son prénom. La légende familiale raconte que sa mère n'a rien décidé : épuisée par l'accouchement, elle lui aurait tendu le bébé. « Prends-la, je veux plus la voir. » Depuis la mort de son père, elle ne supporte plus qu'on l'appelle autrement que « Jo » – court, incisif, sans détail inutile.

Le téléphone sonne. Elle le voit vibrer sur son bureau. Une boîte renfermant toutes les mauvaises nouvelles du monde. Répondre serait entamer une journée d'emmerdes, d'ordres discutables et de directives bancales. Cela fait un bout de temps qu'elle n'a rien entendu de positif sortir du haut-parleur. Marc et Clément toquent à la porte.

« Entrez ! » lance-t-elle, avant de les détailler de haut en bas. Marc a les yeux verts, d'épais cheveux noirs rassemblés à la base de sa nuque par une queue de cheval brillante de laque ou de crasse, Jo n'a jamais su dire. Sa chemise rayée, dont les deux premiers boutons sont défaits, laisse entrevoir des poils bruns. La barbe qui colore ses joues est parsemée de trous creusés par une tondeuse bon marché maniée par des mains maladroites. Il passe justement son pouce et son index sur sa moustache dans un geste qui a toujours agacé Jo.

L'allure vaguement séduisante de Marc suscite l'intérêt des rares femmes du service ; et il en a conscience. Son corps informe et son arrogance manifeste le rendent pourtant imblairable pour Jo. Même chose pour Clément, son acolyte d'infortune, avec qui il passe son temps à décortiquer des matchs avec l'application qui manque à leur travail.

Si Marc est sûr de son charme, Clément a au moins le bon sens de savoir qu'il n'en a aucun. Jo lui reconnaît une certaine lucidité de sa propre médiocrité. Il ressemble à ces anciens sportifs courts sur pattes, passés maîtres dans l'art de décapsuler des bières premier prix, le cul posé dans un sofa défoncé, postillonnant et rageant devant leur télé. Le genre de type aux doigts toujours collants de graisse de chips. D'ailleurs, la chemise rayée à manches courtes qu'il a choisie aujourd'hui porte encore des traces de pliage, révélant, sans surprise, qu'il manie moins bien le fer à repasser que la télécommande.

Ils s'avèrent toutefois étonnamment précieux lorsque Jo décide de faire appel à eux. La réussite de Marc repose autant sur son franc-parler que sur ses déstabilisantes techniques d'interrogatoire, tandis que Clément travaille méticuleusement dans l'ombre, analysant le moindre détail, déplacement ou alibi, préférant le confort du bureau à la brutalité du terrain.

— Vous vouliez nous voir, boss ? demande Marc, *leader* autoproclamé de l'équipe.

Clément, les mains dans les poches de son jean trop serré, fait un pas en arrière pour laisser son collègue diriger la conversation. L'affaire pour laquelle Jo les a appelés attend sur son bureau : une page, deux descriptions physiques, quelques éléments succincts de bio. Plusieurs secondes passent et Jo observe en silence ses deux sous-fifres. Clément s'éclaircit la gorge, embarrassé par le mutisme de sa patronne.

— Vous savez quoi ? lance-t-elle enfin. Je crois que j'ai pas besoin de vous, finalement.

Voyant qu'ils continuent à la fixer sans bouger, elle ajoute :

— Retournez à vos postes, parlez de basket, de curling, reluquez le cul de qui vous voulez, mais je ne veux plus vous voir dans mon bureau aujourd'hui !

Surpris mais ravis de ne pas avoir de travail supplémentaire, Marc et Clément quittent la pièce. Jo, consciente qu'une enquête se mène difficilement sans aide, veut d'abord tenter de s'en occuper seule. Le travail de terrain, l'adrénaline, les soirées passées à suivre une piste incertaine, s'accrochant à des indices qui filent entre ses doigts : voilà ce dont elle a besoin.

Une grand-mère et son petit-fils : disparus. Envolés.

5

Deux heures qu'on roule et nous n'avons échangé que quelques mots, tous deux terrés dans le silence. Adèle regarde par la fenêtre sans avoir demandé une seule fois où on allait. Comme si ça n'avait aucune importance. Je ne lui aurais de toute façon pas donné de réponse : on est partis, le reste est secondaire.

Je fais plusieurs arrêts pour qu'Adèle se dégourdisse les jambes et aille aux toilettes. Il faut parfois l'aider à s'asseoir sur la cuvette, car ses jambes sont douloureuses. Je feins l'indifférence, même si je sens sa gêne. Cette femme autrefois si forte a maintenant besoin d'assistance, même pour se soulager.

Si je sais où nous allons, je sais aussi que, pour y arriver, il faudra vite se débarrasser de ma Clio rouge, défoncée mais solide, dans laquelle on roule.

« Deux personnes ont pris la fuite peu avant 19 heures. Une pensionnaire d'une maison de retraite située près de Grenoble, Adèle, dépendante et atteinte de la maladie d'Alzheimer a été emmenée hors des murs par son petit-fils, Mathieu, au volant d'une Clio rouge en mauvais état… » informent les antennes locales. Je coupe la radio.

« Atteinte de la maladie d'Alzheimer ». Sentence irrévocable utilisée désormais comme un prolongement de son nom. Les journalistes n'ont même pas pris la peine de la décrire. « Atteinte de la maladie d'Alzheimer » devrait suffire pour la reconnaître, ont-ils sans doute pensé.

21 heures. Cela fait une bonne heure que ma grand-mère aurait dû être couchée. Elle commence à somnoler mais lutte pour rester éveillée.

— Dors un peu mamie, lui dis-je en me tournant vers elle. Il nous reste encore de la route.

Elle me regarde, puis, sans un mot, ferme les yeux et s'installe aussi confortablement que possible sur le siège. Sa respiration se fait plus lourde tandis que ses traits se détendent.

Je n'ai rien d'un criminel, mais j'ai entendu parler d'un certain Marvin qui pourrait me dépanner d'une voiture. J'avais prévu de faire un tour chez lui, mais il se fait tard. Je dois songer à trouver un point de chute. Je m'engage dans une zone industrielle déserte où je repère un Formule 1. Sur plusieurs étages, le bâtiment se détache des autres avec ses fenêtres carrées éclairées et son panneau lumineux annonçant le prix de la nuitée. Je me gare, réveille Adèle, détache sa ceinture puis sors pour lui ouvrir. Ses membres sont engourdis et elle semble perdue, mais en s'appuyant sur mon épaule, elle se tient debout.

— Où est-on Mathieu ? me demande-t-elle enfin.

— Pas loin d'un lit confortable. Tiens-moi la main, l'hôtel est juste là.

Je la guide vers l'entrée éclairée par des néons jaunâtres. Un panneau « OUVERT » pend à un fil presque nu. Des clochettes tintent pour annoncer notre arrivée. L'employé d'accueil lève ses yeux fatigués de son ordinateur. Une télé minuscule, dont il a coupé le son, diffuse un journal télévisé qui dégueule des nouvelles anxiogènes en boucle, barrées de bandeaux de textes courts et racoleurs. L'angoisse du fugitif, déjà.

Trois heures seulement qu'on est partis. Il est peu probable que nos visages fassent la une des journaux nationaux, mais il faudra malgré tout quitter rapidement la région. Deux âmes cabossées en fuite : je me rends compte du ridicule de ma démarche.

En évitant le plus possible le regard du réceptionniste, je lui demande s'il reste une chambre disponible, « avec deux lits séparés si possible ». D'une mauvaise volonté frôlant la provocation, il attrape une clé accrochée au panneau de liège et la dépose sur le comptoir, en marmonnant : « 53 euros, petit-déjeuner non inclus ». Je paie en liquide, récupère la clé et guide ma grand-mère vers le premier étage de l'hôtel. Les murs sont couverts d'un papier peint si coloré qu'il suffirait à provoquer une crise à un épileptique. La moquette bleu foncé étouffe nos pas. Au fond du couloir, un homme sort de sa chambre et nous dévisage. Trop longtemps, à mon goût.

Quatrième porte sur la gauche. J'invite Adèle à entrer. Elle enlève ses chaussures et s'allonge sur le lit en chien de fusil. Elle s'endort en quelques secondes.

— Attends-moi là, mamie, je vais chercher les bagages, je lui murmure en dépit de ses ronflements.

Petit, je dormais parfois à côté de son lit. J'étais persuadé que ses ronflements pouvaient réveiller tout le quartier et je craignais qu'un voisin ne sonne à la porte, furieux de sentir son lit trembler sous l'effet de ces bruits anormalement puissants. J'ai, grâce à elle, appris à m'endormir en toute circonstance et reste persuadé que je pourrais trouver le sommeil à côté d'un moteur d'avion.

Je dépose un baiser sur sa joue et constate avec inquiétude que sa peau est froide. Je chasse mes pensées morbides et retourne dans la voiture, où je m'installe quelques minutes sur le siège conducteur, le temps de souffler. La nuit est glaciale mais je laisse la porte ouverte. Moi qui ai, d'ordinaire, le silence en horreur, j'apprécie cette accalmie avant ce que j'imagine comme une tempête.

Demain, ou dans quelques heures, on écrira peut-être des articles sur moi, sur ma grand-mère, on nous consacrera des émissions. On célébrera notre courage, on pointera la poésie de notre exil. Ils auront tout faux, ne feront qu'effleurer la surface d'un lac qui se vide. Je pianote sur mon téléphone « grand-mère, petit-fils, disparition » sur Internet. Tout cela reste relativement confidentiel, et je m'en réjouis : un article de presse locale relate la disparition, des lignes rédigées à la va-vite, deux descriptions physiques, et le prénom et le numéro de téléphone de la personne en charge de l'affaire. Joséphine. Joli prénom pour un boulot si difficile.

La porte de l'hôtel s'ouvre. L'homme croisé plus tôt dans le couloir allume une cigarette. Il aperçoit la Clio rouge et plisse les yeux en voyant que quelqu'un se trouve à l'intérieur. Je détaille sa dégaine soignée, son blouson en cuir, ses chaussures cirées, son crâne rasé et sa barbe bien taillée. Sûrement un *businessman* en visite dans la région, qui dirige des équipes et engloutit son déjeuner, parce que le temps, c'est de l'argent, et que l'argent vaut tout le temps du monde. Demain il enfilera une nouvelle chemise sortie de la petite valise noire qu'il trimballe partout, la rentrera dans son pantalon pour mettre en avant sa ceinture, prendra son attaché-case et filera en réunion. Mais là, alors que les lumières de l'entrée éclairent partiellement son visage, ses traits semblent tirés. Il s'accroche à sa cigarette avec toute la force que ses doigts lui permettent. Comme pour ne pas tomber.

Tandis que je laisse l'inconnu se gaver de goudron, mes doigts s'égarent sur l'écran tactile de mon téléphone, s'attardent sur des informations sans importance, se perdent sur les réseaux sociaux, pour finalement s'engourdir, eux aussi fatigués par le manque de sommeil et le froid.

Me revient alors ce qu'Adèle me racontait de son enfance, quand, trop rarement, elle s'y autorisait. Elle le faisait comme si elle lisait un roman, ajoutant une foule de détails, décrivant tout parfaitement, comme si, une fois verbalisé, ce souvenir disparaîtrait à tout jamais. Je laisse alors mon esprit rejoindre le sud de l'Espagne, pendant un de ces étés si brûlants que tous ceux qui mettaient le nez dehors défiaient presque le ciel.

Trois petites vieilles discutaient sur un banc. Elles étaient assises dessus depuis si longtemps que personne n'aurait été surpris qu'il restât collé à leurs fesses. Trois petites vieilles discutaient sur un banc et disséquaient la vie du village.

Il y avait ce pauvre type presque paralysé après s'être détruit le dos en tombant d'un échafaud. Il passait depuis son temps devant la télévision, fenêtre ouverte, avec une vue imprenable sur le banc. Les voix des trois vieilles couvraient d'ailleurs presque le son du poste, et à force de monter le volume, il finirait sans doute par devenir sourd. Infirme et sourd : la belle affaire ! Celui-là, c'était un de leurs préférés : elles aimaient refaire son histoire, et ce qu'aurait été sa vie s'il n'était jamais monté sur ce foutu échafaud. Maria le trouvait encore séduisant, mais elle n'était pas très difficile. Il faut dire que cela faisait une trentaine d'années que son mari avait disparu, alors handicapé ou non, elle en aurait bien fait son quatre-heures.

Il y avait aussi Antonio, le boucher, avec ses grosses mains viriles, sa moustache généreuse, sa voix de stentor et son tablier sale. Antonio, l'homme fort, solide, celui sur lequel on pouvait compter. Il connaissait le quartier mieux encore que les trois vieilles. Incapable de tenir ses gosses, en revanche. Le jeu préféré de Carmen était de tendre discrètement la jambe lorsque le fils d'Antonio passait en courant et hurlant, interrompant quelques secondes leur discussion. Le petit faisait alors un écart dangereux, s'arrêtait sec et fixait la vieille qui lui rendait un regard mauvais, coupant court à tout conflit. Fallait pas déconner avec Carmen, voilà ce qui se murmurait dans le quartier. Les cheveux gris tenus par un chignon impeccable, une robe unie lui descendant jusqu'aux mollets, Carmen toisait son monde de toute son arrogance et sa sévérité. Personne ne l'avait jamais vue accompagnée d'un homme, et pour cause, il aurait fini dévoré.

Carmen était l'exact opposé de Marina, encore plus douce que du sucre blanc. La plupart des vieillards du coin auraient d'ailleurs volontiers goûté à sa peau couleur crème, à ses jambes étonnamment vigoureuses, à ses yeux verts qui occupaient tout son visage. Marina, d'une élégance subtile, ne se maquillait jamais et ne portait pas de bijoux.

Les trois vieilles refaisaient le monde. Et leur monde s'arrêtait aux frontières de leur village du sud de l'Espagne, à la limite de l'Andalousie. Blanca, deux mille habitants, et une cinquantaine d'Anglais en prime, installés là on ne savait pourquoi. Un village parcouru de ruelles étroites, de linges séchant sur des étendages de fortune, de minuscules restaurants à la décoration hasardeuse mais à la cuisine généreuse, de commerces où l'on trouvait tout et n'importe quoi, des ballons en plastique côtoyant des bidons d'huile d'olive. Un village où, l'été, le temps s'arrêtait entre 11 et 16 heures : l'heure de la sieste. Un intervalle paresseux, où l'on se terrait dans le confort de bâtisses collées les unes aux autres, dont les façades qui s'effritaient protégeaient des familles solidement accrochées à leurs bouts d'histoire.

Il ne s'y passait pas grand-chose, alors tous les récits prenaient des allures de scénario. Des fratries se déchiraient, des adultères foisonnaient, des complots s'organisaient, des vengeances se préparaient avant même que l'offense ne fût commise. Le banc s'était transformé au fil des années en centre névralgique du village, si bien que lorsque des touristes étaient perdus, les résidents de

Blanca l'utilisaient comme point de repère. Adèle n'osait pas passer devant. Elle craignait le regard de Maria, Carmen et Marina sur elle, sa jupe légère, ses cheveux noirs, son corps chétif et ses grosses lunettes.

Adèle a du mal à se souvenir de son enfance. Tout est flou, les couleurs sont voilées par des nuages. Elle se souvient des odeurs, en revanche, et des sons. Celui des casseroles et des assiettes qui se cognaient, des chaises qu'on déplaçait, des portes qui claquaient à cause d'un courant d'air. Elle se souvient de la voix de sa mère et de son rire si rare. Une femme de peu de mots, Manuela, qui semblait détester tout le monde de prime abord, mais se révélait ensuite d'une générosité sans borne. Elle se souvient aussi du flegme de son père, et de ses mots posés, toujours bien choisis, de ses mains délicates et de l'odeur d'eau de Cologne bon marché qu'il portait sur lui. Elle entend ses deux frères agités et rebelles. Elle se souvient du visage de sa sœur, aussi, si belle. En temps de guerre, lorsqu'ils n'avaient rien à se mettre sous la dent, c'était elle qu'on envoyait dans les champs voisins. Dolores chapardait des légumes, dérobait deux ou trois œufs, les cachait sous sa robe et détalait. Son joli minois suffisait à atténuer la colère du paysan. Elle était convoitée, Dolores, et faisait tourner la tête des hommes jusqu'à ce qu'ils se prennent les pieds dans leurs fantasmes impossibles.

Adèle me parle aussi parfois de ses visites chez le docteur, de ses gestes brusques et du fauteuil confortable dans lequel elle a l'impression d'avoir passé la majeure partie de ses jeunes années, deux mains lui tenant les paupières ouvertes. Elle essayait de les refermer car ses yeux la brûlaient, mais ces foutues mains étaient fermes. Le docteur l'observait, la piquait, lui mettait des gouttes, ne disait rien à part qu'elle avait été à un demi-millimètre d'être aveugle. Alors pourquoi devait-elle retourner le voir si souvent ? Pourquoi sa vue ne s'améliorait-elle pas ? Pourquoi était-elle contrainte de rester à la maison ? « Seule mais chanceuse ! » lui répétait-on. Elle aurait préféré jouer avec ses camarades plutôt que d'être coincée chez elle. Aveugle mais vivante.

Les années passaient et ses yeux s'étaient peu à peu ouverts. Assez pour voir la roulotte dans laquelle son père les transportait lors de leurs nombreux voyages en France. Une roulotte, malmenée sur une route creusée d'ornières pour fuir la guerre et le sang, le feu et les cris. La nourriture était rare, et l'espace confiné. L'air manquait souvent, mais il était dangereux d'ouvrir les fenêtres : trop de poussière, de champs retournés et de maisons abandonnées. La guerre colorait tous les paysages en noir. Ils étaient arrivés en France un matin de novembre.

Je sens mon esprit s'éteindre progressivement, je m'assoupis pour ne me réveiller qu'une heure trente plus tard. Presque minuit.

Je ferme la voiture à clé, rentre à l'hôtel, ouvre la porte de la chambre et me trouve nez à nez avec un lit vide.

6

Jo rentre chez elle, l'esprit encore embrumé par sa journée. Elle n'a pas eu le temps de se pencher sur le cas de la grand-mère disparue, contrainte à des tâches administratives qui traînent depuis trop longtemps. Mais sur la route, impossible de l'ignorer. L'affaire lui trotte dans la tête et lui rappelle son enfance.

Le ballet des voitures ne cesse sur l'autoroute. Blanc, gris, rouge, les couleurs se succèdent, et les trajets se ressemblent. Quarante minutes pour aller travailler, cinquante pour rentrer, avec la radio qui tourne en boucle. De l'impuissance, voilà ce que Jo ressent depuis quelques semaines. Chaque année, c'est la même chose : le jour anniversaire de la disparition de son père apporte avec lui son lot de pensées noires.

Alors qu'elle gare sa voiture sur le parking, Jo prend le temps de regarder le paysage étrangement désert qui l'entoure. Les lumières du supermarché attenant à son immeuble sont éteintes, comme celles du magasin de chaussures dont la vitrine est couverte de cartons jaunes annonçant des soldes. Le gérant semble être en promotion permanente. Le décor est sordide.

— Salut, Jo !

Depuis son bout de trottoir, William lui fait signe. Il est assis par terre, un Caddie pour toute compagnie. Des couvertures sont pliées à l'intérieur, ainsi qu'un tapis de sol et des ustensiles de cuisine. Il est vêtu d'un pantalon noir épais, troué aux deux genoux, des mitaines et un bonnet en laine. Son pull noir est trop fin pour une soirée comme celle-ci, tout comme son écharpe violette remontée jusque sur son nez.

— Bonsoir William, répond Jo en fouillant dans son sac. Désolée, j'ai pas grand-chose, ce soir…

Elle sort le sandwich qu'elle n'avait pas fini à midi et le lui tend. Des taches de graisse marquent le papier qui l'entoure.

— Tu rigoles ? Je sais pas pourquoi tu fais tout ça pour moi, mais je veux pas que ça s'arrête ! lui dit-il en engloutissant le sandwich.

Joséphine ne le sait pas non plus. Les yeux, sans doute. L'allure de cet homme lui rappelle celle de son père. Ses bras maigres mais solides, la détermination derrière chaque mot même s'ils sont prononcés depuis un parking glauque. Elle cherche un peu de monnaie et tend ce qu'elle a à William, qui refuse.

— Laisse-moi au moins t'offrir quelque chose à boire

alors, lui propose Jo en lui tendant la main pour l'aider à se relever.

Elle prend appui sur la jambe qui ne la fait pas souffrir et tire le bras de William. Il se relève et époussette son pantalon.

— Pourquoi tu fais tout ça pour moi ?

Il la suit, à la fois gêné et excité à l'idée d'avoir une boisson chaude pour réchauffer son corps tremblant. Un soir, Jo l'avait sauvé alors qu'il se faisait rouer de coups par un vigile du supermarché. Elle avait agité son badge sous les yeux de la brute afin qu'elle arrête de le savater. William n'aurait pas été étonné qu'elle le laisse comme ça, ça n'aurait pas été la première fois qu'il était invisible. Depuis, ils discutent beaucoup, tous les deux. William adore écouter Jo parler de son enfance, elle qui n'est pourtant pas très loquace.

« On y va ? » demandait le père de Joséphine. Et ils se mettaient en route. Là-bas, ils se sentaient investis d'une mission dont ils gardaient le secret. Les rêves deviennent moins vifs quand ils existent. Quarante-cinq minutes de voiture et dix minutes de marche. Un trajet court, mais personne ne semblait jamais s'être aventuré dans cette partie de la forêt. Elle restait vierge de toute trace humaine et sa mousse, intacte. Elle appartenait à la fois au monde entier et rien qu'à eux.

Joséphine imaginait qu'il existait autour de la cabane une sorte de zone de protection qui la rendait invisible.

Nichée derrière un gros rocher, elle occupait tout l'espace, majestueuse, solide malgré son bois usé, sa petite cheminée branlante et ses fondations hasardeuses. C'était leur déséquilibre à eux, une manière de dire que rien n'était parfait, et que le charme se révélait dans les imperfections. Ils réparaient rarement, ajoutaient, colmataient parfois les brèches sans rien réinventer. Et si tout venait à s'écrouler, alors ils rebâtiraient, referaient sans doute les mêmes erreurs, mais avec une ferveur renouvelée.

Ils étaient des remodeleurs de défauts, des bâtisseurs suicidaires qui dormaient sous ce toit effrité. Ils accueillaient les fuites d'eau, les pieds mouillés et les vêtements humides comme un prétexte pour se réchauffer autour d'un feu de camp. En ville, ils passaient le plus clair de leur temps loin les uns des autres, enlisés dans leur quotidien. Là-bas, ils ne se parlaient pas plus, mais leurs mots résonnaient plus fort. Ceux-ci étaient choisis avec soin, s'imprimaient sur leurs lèvres avec élégance et ne refusaient jamais de s'aventurer au-delà de leur cœur.

Ils travaillaient souvent chacun dans leur coin, si bien que la cabane avait trois identités bien distinctes, chaque planche, chaque fêlure portant les traces de celui qui l'avait construite à son image. Ils en riaient parfois. Elle ressemblait à cet enfant qui se serait habillé seul pour la première fois et qui était fier de se présenter à ses parents avec des chaussures dépareillées et un pantalon trop petit. On le laisserait à l'école ainsi vêtu, et les regards de ses camarades s'attarderaient sur son drôle d'accoutrement, mais lui, grandi de plusieurs centimètres, resterait insensible à leurs moqueries. La décoration se limitait à quelques photos de famille sur le rebord des meubles et à une grande canne à pêche, intacte, accrochée à l'une des poutres.

— Continue ! réclame William, après un silence.

Jo se souvient de tout : de son père avec sa casquette bleu délavé vissée sur le crâne, de sa mère toujours élégante et de ses jolies robes, même pour couper du bois et remuer de la terre toute la journée, des trajets jusqu'à la cabane, de la voiture pleine à craquer d'outils, de bâches, de gants de protection, le coffre rempli de souvenirs à forger. Le bruit des pioches, le grincement des lattes, les insectes, les tapes dans le dos, les encouragements et les grognements de fatigue. Jo et sa mère s'impliquaient autant qu'elles pouvaient tandis que le père avait construit toute sa vie autour de la cabane, passant des soirées et des journées entières au sous-sol de leur maison, pour réfléchir à des plans et des améliorations.

Puis, sa mère était tombée malade. Un cancer lui bouffait les entrailles. Jo avait seize ans et des rêves d'ailleurs. Elle sortait avec ses amis, allait au cinéma seule, rentrait tard, parfois pas du tout, se levait après le déjeuner et découvrait une maison vide où sa mère, épuisée, dormait sans personne pour lui tenir la main. Son père disparaissait plusieurs jours d'affilée pour rentrer plus tard, sans un mot mais le regard perdu dans des pensées sombres. Elle s'envolait progressivement, petite chose frêle qui ne pesait que quelques dizaines de kilos. Un corps décharné, ridé par la maladie, trop faible pour la combattre. Jo entrait de temps en temps dans la chambre de ses parents pour vérifier que sa mère respirait toujours. Elle collait son oreille à sa bouche et attendait de sentir un souffle, minuscule, lui chatouiller la peau. Le cancer finit par l'étouffer. Jo eut l'impression qu'elle n'avait jamais pu lui dire au revoir.

Trois jours après le décès, son père alla s'installer définitivement dans la cabane, ne descendant en ville que pour se ravitailler ou acheter des outils. Une petite boîte marron contenant les cendres de sa femme trônait sur le rebord de la fenêtre. De ses mains noueuses et habiles, il creusait encore et encore le sol pour enterrer sa tristesse. Des randonneurs lui apportaient parfois des provisions et partageaient une soirée avec lui. Ils riaient alors plus que de raison. Dans cette grande cabane en bois, le temps ralentissait son tempo.

Après avoir intégré les forces de police locales, Jo, qui ne faisait plus qu'occasionnellement le chemin jusqu'à la cabane, commença à n'y aller qu'une fois par mois, puis par trimestre, puis par an. Elle perdit le contact avec son père qui refusait d'encombrer la cabane d'un téléphone portable. Vestiges d'un monde dont il ne voulait plus entendre parler. Jo entendait les rumeurs qui couraient à son sujet : son père serait devenu une sorte d'ermite illuminé qui parlait aux arbres, tirait des coups de fusil en l'air en hurlant au ciel qu'il allait lui ouvrir la gueule en deux. « Et alors ? » se disait-elle. Elle avait toujours pensé que la cabane protégeait des malheurs et que rien ne sert de se protéger de l'orage. Qu'il vaut mieux sentir les gouttes ruisseler.

Un soir d'automne, son père s'était avancé sous le porche. Le vent lui sifflait une jolie chanson. Les mains dans les poches, il observait les étoiles : quatre-vingt-quatorze ans qu'il les sentait au-dessus de lui, mais cette soirée-là, elles brillaient plus fort. « C'est une belle soirée pour les rejoindre », pensa-t-il, avant de s'en aller danser avec la mort.

Joséphine n'avait appris sa disparition que huit jours plus tard. Elle passait ses journées à chercher des personnes disparues sans avoir été capable de sentir que son propre père l'avait quittée.

Putain.

7

Ouvre les yeux. Ouvre-les ! Ta mère te demande. Tu sais bien comment elle est : quand elle t'appelle, elle veut que tu accoures. Comme quand vous habitiez toutes les deux dans la ruelle. Je me souviens de tout, et ces souvenirs-là, j'ai décidé de les garder, parce que ce sont les seuls que tu as de Manuela.

— Vous savez quoi, Adèle ? demande Jacques d'une voix enjouée.

— Non, mais quelque chose me dit que tu vas me le dire, lui répond-elle.

— Je viens de vous introniser mascotte de notre joyeux périple !

Adèle sourit. Elle ne le connaît pas, ni lui, avec ses cheveux blonds retenus en arrière par une queue de cheval, ni les trois autres personnes qui s'entassent à l'arrière du van. Leurs visages sont de ceux qui respirent toute la journée le grand air, qui aiment les averses, les tempêtes et les accalmies.

Jacques roule à une vitesse raisonnable, mais Adèle aimerait qu'il aille plus vite. La voix de sa mère l'a poussée à sortir de sa chambre d'hôtel. Elle a avancé au hasard sur le bord d'une route éclairée par de rares feux. Aucune voiture ne s'est arrêtée, se contentant simplement de l'éviter. Adèle entendait de plus en plus fort la voix de Manuela qui la pressait de parcourir le peu de chemin qu'il restait pour la retrouver. On ne refuse rien à sa mère, surtout quand cela fait si longtemps qu'on ne l'a pas vue. Tandis qu'elle cherchait un repère, Adèle fut ramenée près de quatre-vingt-dix ans en arrière.

Valises empilées, réservoir plein, yeux humides, moteur crachotant, cap sur la France. En cette matinée de novembre 1937, une famille se défaisait. La grande sœur d'Adèle, Dolores, ne partait pas avec eux. Dolores, comme douleurs avec un « s ». Une sentence placée après deux syllabes, une lettre pour creuser les cicatrices. Dolores avait des choses à régler, ou bien le voyage lui semblait si long qu'elle avait préféré rester. C'est ce que se disait Adèle pour ne pas lui en vouloir. Dolores regardait la minuscule roulotte s'éloigner, ainsi que la poussière soulevée par des roues en piteux état. Le pare-chocs cahotant, les petites vitres desquelles Adèle la regardait. Elle ne distinguait pas son visage, mais c'était tant mieux. Il fallait que le vide se creuse.

Adèle la regardait jusqu'à ce qu'elle ne soit qu'un minuscule point de couleur sur la route. Une forme à laquelle on dit adieu. La France était à portée de volant et il fallait conduire avant que la nuit grondât. Dolores se dit que le véhicule était trop frêle pour contenir tant de rêves brisés. Elle pensa courir, leur hurler qu'elle s'était trompée et grimper avec eux. Mais ses jambes ne bougeaient pas. Son bras avait du mal à se lever pour leur dire au revoir, tandis que les larmes, elles, ces foutues larmes qu'elle s'était promis de ne pas verser, commencèrent à tremper son menton. Que lui restait-il ? Un pays déchiré et la morsure de la solitude.

Le cœur d'Adèle se déchira. Elle ne serait plus chez elle nulle part. Pas sans sa sœur. La France, terre d'accueil forcée, serait un endroit où elle construirait des repères sans jamais trouver de point d'ancrage.

Dolores refit sa vie. Loin de sa famille, loin de sa sœur qu'elle n'arrivait plus à étreindre. Elle avait beau tirer sur ses bras pour les allonger, ils n'arrivaient pas à traverser la frontière. Elle rencontra un homme qui lui fit goûter à une vie où l'argent n'est pas un sujet. Avec lui, elle apprit à rire, à profiter de l'ivresse des restaurants et à des garde-manger qui ne désemplissent jamais. Dolores croquait et se régalait. Avec sa grosse moustache et ses yeux si doux, Mariano la dévorait.

Il venait d'un monde où les gens ont le luxe de s'ennuyer et le temps de s'interroger sur leur apparence. La vie de Dolores se para de couleurs. Mais, avec sa différence tatouée sur le corps, elle ne devint jamais des leurs. Pendant que Mariano et ses amis jouaient aux dominos, elle ne s'invitait jamais à la table, craignant qu'un mot ou qu'un geste ne la trahît et qu'ils ne découvrissent en elle cette femme qu'on avait un jour abandonnée. Dolores ne serait jamais aussi grande que ce à quoi des regards l'avaient limitée. Alors elle s'effaçait, honteuse.

Que ressentirait-elle si un jour Adèle toquait à la porte et la prenait dans ses bras ? Par une journée d'automne, ce moment arriva. Adèle avait fait un long trajet pour se tenir devant cette porte d'entrée, la gorge nouée. Elle se sentait petite dans cet immeuble au sol de marbre. Dolores s'écarta pour la laisser entrer. L'appartement ressemblait à un palace, abondant de pièces dont les propriétaires ne foulaient jamais le sol. Dolores devait lui dire combien elle lui avait manqué. Mais le temps a cette manie de transformer l'amour en tristesse et les deux sœurs, jadis inséparables, étaient devenues des inconnues. Dolores resta muette tandis qu'Adèle eut l'impression que sa sœur n'avait pas bougé de la route où elle l'avait laissée.

Après ce voyage, Adèle décida de s'intégrer en France. Et s'intégrer, c'était oublier. Oublier les odeurs et les couleurs pour modeler les contours d'une vie nouvelle. Ces nouvelles couleurs seraient grises comme un immeuble HLM, noires comme une voiture cramée, sombres comme le béton qu'elle voyait depuis sa fenêtre. Des tons durs mais solides. On ne s'amusait plus, ici. On construisait ses fondations et on soufflait de fatigue une fois l'effort accompli.

« Là-bas », ainsi qu'elle nommait son pays de naissance, Adèle y repensait en teintant ses souvenirs de la couleur des illusions. Parce que c'était moins douloureux et que tout cela appartenait à une autre vie et à une autre personne. « Avant, ma fille, ça n'existe plus ! lui répétait sa mère. Il faut oublier ce mot. Avancer. Entre "avant" et "avancer", y'a que quelques lettres d'écart, mais si tu la saisis pas, la différence, tu vivras dans tes souvenirs, et alors que deviendras-tu ? Je suis ta mère, je ne peux pas te laisser t'embourber, c'est même ma mission, en fait, de t'extraire de tout ce qui te retient en arrière. Regarde mes bras ! Regarde comme ils sont solides et puissants, accroche-toi à eux et "avant" n'existera plus. »

— Votre mère, hein ? dit Jacques pour relancer la conversation. Et où est-elle, Adèle ?

— Je ne sais pas exactement, répond-elle après avoir pris quelques secondes pour chasser ses pensées, mais je crois que je vais dans la bonne direction. Heureusement que je vous ai croisés, sinon je ne sais pas combien de temps j'aurais mis pour la rejoindre.

Elle se tourne vers Jacques et lui sourit.

— Et puis vous avez une bonne tête, tous, je vous aime bien. Et si je vous aime, ma mère vous aimera aussi.

Adèle fixe de nouveau la route alors que Jacques accélère.

— J'ai hâte d'arriver.

Quand elle leur avait dit qu'elle allait rejoindre sa mère, que pouvaient-ils faire ? Le temps de trouver une solution, ils la ramenèrent chez eux, du moins ce qui se rapproche d'une maison. Elle est attachante, cette grand-mère, avec ses grands yeux marron et doux, ses stries blanches sur des cheveux presque impeccablement colorés. Elle semble ne pas avoir d'âge. Ses mains marquées par les années restent vigoureuses, et ses rides sillonnant son visage portent en elles les traces de mille histoires. Elle se tient droite, et, malgré ce corps fatigué et son esprit un peu volage, quelque chose en elle les fascine.

Ils lui ont fait une place entre des sacs pleins de courses. Des provisions pour que la nuit soit douce, du charbon pour le feu de camp, du bois et des cartons récupérés à l'arrière d'un magasin, deux bouteilles de vin, du pain de mie et une nouvelle paire de chaussettes pour Anaïs. Après des semaines sur la route, elle aurait pu s'habituer aux froides soirées sous la tente, mais les pieds d'Anaïs ne mentent pas. Éric, toujours calme et pragmatique, lui répète que, là-haut, en Écosse, il fera autrement plus froid, mais rien à faire, les pieds ne cessent de trembler.

Ils partent pour la région des Highlands, où se terrerait le Loch Ness, et ont prévu d'y passer quelques temps. Tous les quatre, Jacques, Anaïs, Éric et la grande silhouette dégingandée de Sophie. Tous les quatre au bord du lac, à observer sa surface des heures durant, s'enthousiasmer pour le moindre jet d'eau, la plus infime des ombres sous les vagues. Toute une vie à se rappeler, des gestes à réapprendre. Un quotidien loin de la lumière d'un ordinateur. Un monde sans écran, sans chiffres ni statistiques.

— Et vous, vous allez où, comme ça ? leur demande Adèle.

— En Écosse, madame, lui répond Anaïs. On est partis sur les traces du monstre du Loch Ness, vous savez, la bête énorme qui vit dans un lac !

— Jamais entendu parler, non, s'étonne Adèle. Ça fait pas un peu loin, ça ?

— On a tout le temps du monde quand on laisse sa montre à la maison ! lui rétorque Éric en souriant.

Adèle ignore son mot d'esprit, reportant son attention sur la route qui défile sous les phares du van.

— Dépêche-toi un peu, mon grand, dit-elle à Jacques, qui rétrograde avant de négocier un virage. Maman n'a jamais été du genre patiente.

Arrivés au campement installé à une centaine de mètres de la nationale, Jacques et sa troupe préparent une tente pour Adèle. Anaïs et Sophie consentent à en partager une pour lui laisser plus de confort. Jacques s'occupe du feu pour faire griller des *marshmallows* et regarder les étoiles, assis sur les chaises longues dégotées dans une décharge attenante. Trois jours qu'ils sont au même endroit, mais ils comptent partir le lendemain à la nuit tombée, préférant rouler quand il y a peu de monde.

— Regardez celle-là, Adèle, dit Jacques en montrant du doigt un groupe d'étoiles.

— Oui, qu'est-ce qu'il y a ?

— Je l'appelle « le gros Robert », cette constellation, parce qu'elle a du bide. Là, il y a la tête, puis juste en dessous, une forme arrondie, avec ces six étoiles, là. Comme un gros Robert au ventre plein de bière. En plus, ça rime. Poétique, non ?

Adèle étouffe un rire et admire la fausse constellation. Il y a un peu de ça, c'est indéniable.

— Mais écoutez-le celui-là. Au bal des couillons, tu serais au milieu de la piste ! Et celle-là, alors ? poursuit-elle en montrant un nouvel ensemble d'étoiles.

Jacques regarde la direction indiquée par Adèle. Avec son index, elle trace la forme de la constellation.

— Alors là, Adèle, je vois pas, déclare Jacques, presque déçu. Je vois vaguement deux jambes, je crois, comme des fesses, une…

— T'y arrives, mon petit ! T'es pas loin.

Jacques met tout son cœur pour deviner ce qu'elle veut lui montrer.

— Bon sang, Adèle, vous êtes un génie ! s'exclame Jacques, plein d'admiration.

— Pas vrai ? lui répond-elle, fièrement.

— Incroyable. Cinq minutes et vous voyez déjà un truc. Comment est-ce qu'on va l'appeler ? « La Monica Bombasse ». Ouais, j'crois bien que c'est ça ! Éric, Anaïs, Sophie, ramenez vos fesses par ici !

Intrigués, les trois autres se placent autour d'Adèle et de Jacques et observent le ciel à leur tour. Tous sont formels : c'est bel et bien une nouvelle constellation, si évidente qu'ils se demandent même comment ils n'ont pas pu voir avant le fessier bombé et la poitrine généreuse. Ils se moquent de la Grande Ourse et d'Andromède, pas besoin de télescope puissant pour décortiquer les secrets du ciel et des planètes. Tous les soirs, ils créent leurs propres constellations. Et « la Monica Bombasse » vient de s'ajouter à la longue liste des étoiles qu'ils ont décidé de mettre dans leur ciel.

8

M. Raymond lui faisait de la peine. Son cœur se brisait de le voir comme ça. Il essayait, mais n'y arrivait pas. Ses mots butaient sur ses lèvres et s'écrasaient sur le sol où personne ne pouvait les entendre. Pourtant, il avait pris les choses en main : quand Rosalie, l'aide-soignante au parfum qui vous chatouillait les narines, avait demandé qui voulait animer leur partie hebdomadaire de petit bac, il s'était porté immédiatement volontaire. Tout le monde savait que M. Raymond avait été enseignant, au pied des montagnes dont il parlait en permanence. Rosalie avait réuni les résidents autour d'une table, six au total, qui faisaient face à M. Raymond.

Mme Tamberg était calme, pour une fois, et tout le monde voulait en profiter avant le nouvel orage. Elle était un peu le caïd de l'unité, qu'elle arpentait de long en large en tapant sur les portes pour réveiller les fainéants. Large, c'était aussi la forme de son bassin, étonnamment imposant en comparaison de la proportion normale du haut de son corps. Elle faisait l'objet d'une surveillance accrue de la part du personnel, ses crises de colère n'étant que la partie émergée de l'iceberg. Mme Tamberg était une véritable cleptomane : sa chambre était une caverne d'Ali Baba, où se côtoyaient vêtements, nourriture et toutes sortes d'objets qui ne lui avaient jamais appartenu. Un jour de juillet, elle s'installa à table pour déjeuner, le cou recouvert de quatre écharpes de couleurs différentes, et lorsqu'on lui demanda ce qu'elle comptait en faire, elle avait simplement répondu qu'elle ne voulait surtout pas tacher le chemisier qu'elle avait volé à M. Richard.

M. Richard, lui, observait tout avec un flegme exemplaire, les deux jambes croisées, une paire de lunettes noires montées sur le nez. Adèle ne l'avait jamais vu sans lunettes. Peut-être dormait-il avec, songeait-elle. Il ne disait pas grand-chose, si ce n'est rien du tout, assis en permanence près de la fenêtre. Il scrutait le jardin sans sourciller, ne se levait que pour aller aux toilettes, accompagné par une aide-soignante qui le tenait par le bras. C'était le problème avec cet endroit. Il ralentissait les mouvements et les gestes jusqu'à ne plus être que les chimères d'un corps qui ne répond plus.

Mme Santorio, à l'inverse, était une véritable pile électrique. Elle passait ses journées à s'adresser à on ne sait qui, moitié en espagnol, moitié en italien. Adèle espérait vivement que ce « on ne sait qui » n'existait pas, car Mme Santorio lui mettait des sacrées brasses. Elle faisait le tour du salon, entrait dans le bureau des aides-soignantes, dans les toilettes communes et la salle où étaient entreposés couches et produits d'entretien, en vociférant inlassablement sur cet inconnu. Elle ne se fatiguait jamais, et les rares moments où elle consentait à s'asseoir, c'était pour les repas qu'elle engloutissait à vitesse grand V avant de se relever pour continuer à maudire l'objet de ses malheurs. Ils en avaient tous un peu marre de cette vieille qui faisait un raffut plus désagréable encore qu'une colonie de voitures piégées dans l'éternité d'un bouchon. Mais c'était toujours préférable au silence de ceux qui n'avaient plus la force de parler.

Le bruit dérangeait un peu Mme Lossage, toutefois trop discrète pour le dire. Elle craignait de ne pas entendre la porte d'entrée annoncer, en claquant, l'arrivée de son mari. Résident de l'aile opposée, il ne venait la rejoindre qu'une fois par jour pour le dîner, mais ça ne l'empêchait pas d'espérer le voir, chaque fois que se faisaient entendre les bips du code digital. Elle espérait puis était déçue parce que ce n'était pas lui, oubliait qu'elle avait espéré, oubliait qu'elle avait été déçue trois minutes avant, puis oubliait d'oublier, espérait qu'elle pourrait espérer pendant encore un bout de temps, puis… C'était un peu compliqué dans la tête de Mme Lossage. Cette ancienne styliste était toujours bien apprêtée. Plus maquillée que toutes les résidentes réunies, ses jolies chaussures pointant sous un pantalon qui parvenait à esquiver les taches, elle patientait sur une chaise en fixant la porte d'entrée, comme si la seule force de sa volonté allait dévoiler le visage de l'être aimé.

On n'a pas idée de faire des bruits comme ça, franchement.

Avec tous ces petits vieux qui avaient depuis longtemps passé leur date de péremption, Rosalie n'avait pas grand espoir que son animation fonctionne. Mais elle n'aimait pas les voir inactifs et enfoncés toute la journée dans les fauteuils qu'on leur avait attribués. Elle savait qu'Adèle, même si son état se dégradait un peu plus chaque jour, serait de la partie, tout comme Mme Tamberg. Et si M. Richard daignait dire plus que quelques mots, alors ils auraient une petite chance de s'amuser un peu.

— Bon, on a déjà joué à ce jeu la semaine dernière. Vous vous souvenez ?

Silence. Rosalie poursuivit :

— Je vais vous distribuer à toutes et à tous une feuille de papier et un crayon. Sur cette feuille, j'ai tracé un tableau avec quatre catégories : « objet », « animal », « pays » et « personnalité ». Quand je dis « personnalité », je ne parle pas de quelqu'un de votre famille, précisa-t-elle en se tournant vers Mme Lossage. Michel, le jardinier de votre cousine, ne sera donc pas accepté comme une réponse valable.

Reportant son regard sur les autres résidents, elle continua à expliquer les règles. Mme Tamberg commença déjà à grommeler.

— On va choisir une lettre au hasard, par exemple la lettre « B ». Et pour chacune des catégories, il faudra trouver un mot ou un nom qui commence par cette lettre. Par exemple, si je cherche un objet qui commence par la lettre « B », je peux dire « bouilloire ». Pour le pays, je peux dire « Belgique », et ainsi de suite. Facile, non ?

Nouveau silence. Rosalie se leva pour distribuer les crayons et les feuilles. Déjà, les résidents les retournaient sur le verso.

— M. Raymond sera notre maître du jeu et comptera les points. C'est très simple : la première personne qui trouve une réponse remporte un point. Et M. Raymond mettra une petite barre sous votre prénom. À la fin du jeu, celui ou celle qui a le plus de points remporte la partie !

— Et qu'est-ce qu'on gagne ? demanda M. Richard.

— Comment ça, qu'est-ce qu'on gagne ? répondit Rosalie, plus étonnée par sa vivacité que par sa question.

— C'est un jeu, non ? Vous avez dit qu'il y avait des points, un gagnant, etc. Alors moi je voudrais savoir ce qu'on gagne si on gagne.

Rosalie ne s'y attendait pas. Elle pensait jusque-là que le seul fait de jouer était une victoire. L'erreur des personnes qui ne vivaient pas avec les malades était là : elles ne voyaient que les sous-vêtements souillés et les bavoirs tachés. Elles oubliaient qu'ils avaient eu une vie avant tout ça, des sentiments, des peines de cœur, des joies sincères, des défaites et quelques victoires. Et M. Richard en voulait encore, des victoires, parce qu'il avait déjà perdu bien des choses.

— Et si vous me laissiez réfléchir à ça pendant qu'on joue ?

Voilà tout ce qu'elle trouva à répondre. Minable.

— Bon, maintenant il faut qu'on choisisse une lettre, reprit Rosalie. Je vais réciter l'alphabet dans ma tête et l'un de vous me dit « stop » quand il veut que je m'arrête. OK ? Un, deux, trois, je commence à compter !

— Quatre ! s'écria Mme Tamberg.

— OK, dit Rosalie, estimant que cela voulait dire qu'elle devait s'arrêter. Très bien, la lettre avec laquelle on va jouer est « J ». C'est parti ! La première catégorie est « objet ».

Et là, les mots volèrent, s'inventèrent, des syllabes formèrent une succession de sons sans queue ni tête. Mme Tamberg gueula qu'elle « en avait plein l'cul de tous ces vieux » et tout le monde la dévisagea comme si elle était la seule à avoir perdu la tête. Des crayons tombèrent au sol et y restèrent parce que, comme dirait Adèle, « la terre est basse quand les fainéants sont hauts ». Des chaises raclèrent le sol, couvrirent la voix de M. Raymond qui tenta de retrouver l'autorité naturelle qu'il avait sur ses élèves. Mais ceux-là étaient dissipés, se déconcentraient et rigolaient fort. De toute façon, ils n'avaient pas compris le nom du jeu. « Petit bac, parce qu'il y en a un grand ? » Ils ne se souvenaient même plus s'ils l'avaient, le bac.

Ils s'amusaient mais ne comprenaient pas ce qu'ils étaient en train de faire, emportés par l'euphorie collective. Ils lançaient des idées en espérant qu'elles seraient bonnes, interpellaient Rosalie à tout bout de champ. Celle-ci s'efforçait de répondre et de maîtriser M. Raymond qui commençait à s'énerver, parce que personne ne prenait le jeu au sérieux et que tout le monde s'éparpillait.

— On est sur la lettre « D », on cherche un pays maintenant.

— Couscous ! répondit immédiatement Mme Lossage, fière d'avoir trouvé la réponse.

— Un pays, on a dit ! Couscous, c'est un plat, c'est pas un...

— C'est bien, madame Lossage, encouragea Rosalie avec bienveillance, coupant court à la remarque de M. Raymond. On va mettre un point. Mettez juste une barre en dessous de cette case, s'il vous plaît, monsieur Raymond

— *Eres lo mismo que tu madre !* cria Mme Santorio en se levant.

« Eh bien, enfin ! » songea Adèle, enfin une phrase qu'elle pouvait comprendre. M. Raymond consentit à ajouter une barre sous le nom de Mme Lossage. Il prit son crayon et l'appuya sur la feuille mais la mine se cassa avant qu'il eût fini son trait. Il attrapa le taille-crayon posé devant lui, mais ses mains ne cessant de trembler, il ne parvint pas à mettre le crayon dans le trou. Ce geste anodin qu'il avait effectué des milliers de fois lui sembla insurmontable. Après une troisième tentative, il jeta son crayon sur le sol et le piétina, sous les yeux étonnés des autres. Il l'écrasa de toute sa hauteur, de toute sa force de sorte qu'il ne restât rien de ce crayon qui refusait d'écrire ce qu'il avait dans la tête. Il coucha désormais sur le papier une écriture tordue, enfantine, qui n'avait plus rien à voir avec son élégance d'antan.

Les stylos, les crayons et les feutres avaient accompagné toute la vie de M. Raymond : avec eux, il corrigeait, sanctionnait, félicitait et interpellait. Il soulignait et barrait, colorait et entourait des mots, des phrases, des compléments d'objet mal placés, des sujets en retrait. Avec un stylo, on pouvait écrire aux parents d'élèves, à une amie lointaine, à une amante que l'on voulait voir en cachette, à 17 h 30, près de la salle 212. On pouvait faire pleurer, faire rire et s'interroger, redire les choses que l'on avait mal dites, faire chanter des rimes pour écrire des poèmes.

Mais là, M. Raymond n'y arrivait plus. Il sentait que ses mains ne répondaient pas, qu'elles n'avaient plus ni la force ni l'autorité de diriger ce crayon rebelle. Et dans ces situations-là, son impuissance remontait à sa surface. Il ne comprenait pas pourquoi sa femme ne lui rendait plus visite, pourquoi ses enfants ne l'appelaient plus. Il voulait sortir d'ici, il étouffait, il ne comprenait pas pourquoi on ne le ramenait pas plus près de ses montagnes qu'il avait apprivoisées. Il ne se sentait pas vieux, il était encore capable de marcher, de rire, de parler et de boire un coup avec des copains. Il était encore en forme, alors pourquoi ne voyait-il plus leur visage ? Il lui restait encore de la tendresse en magasin, et ce n'était pas grave s'il se répétait parfois ou si ses mains n'étaient plus aussi fortes qu'avant. Ce n'était pas la fin du monde s'il perdait un peu la mémoire. Il était certain de ne jamais les oublier, eux.

M. Raymond pensa à tout cela et, sentant les larmes monter, se tourna là où personne ne pouvait le voir. Un professeur ne devait jamais s'effondrer devant ses élèves.

9

Je retourne immédiatement dans la voiture. Paniqué, j'ai du mal à trouver le contact, les clés tombent dans un cliquetis qui me rend dingue. Je respire et tente de me calmer, récupère les clés et fais une nouvelle tentative. La Clio crachote avant de se mettre finalement en route. Je dois avancer, même sans savoir où, pour espérer retrouver la trace d'Adèle. Impossible d'appeler les flics : signaler la disparition d'une personne que j'ai moi-même enlevée serait franchement ridicule. Je m'engage sur la route, plisse les yeux pour essayer de percevoir une silhouette égarée sur le rebord, roule doucement et loin de la barrière de sécurité. Je ne me souviens même plus de la façon dont ma grand-mère était habillée.

J'allume la radio pour couvrir le silence du trajet, toujours branchée sur la même fréquence. Des notes de guitare sèche, une voix s'éclaircit en toussotant. L'enregistrement, amateur, grésille. Je sens presque le souffle de l'interprète, ses lèvres qui s'avancent vers le micro. Ses mots se déversent alors, slalomant entre les notes.

Ça me bouleverse. L'enfoiré. Je coupe la radio, avant que le nom de l'auteur de ces mots ne soit dévoilé.

Je ne veux pas connaître l'identité de celui qui a écrit à ma place ce que je ressens. Plus que de la colère, j'éprouve le regret de ne pas avoir eu ni le courage ni le talent d'écrire ces mots. J'ai bien tenté de griffonner quelques textes, mais mes pages se retrouvaient noircies d'apitoiements personnels par une écriture sans âme. J'expliquais à tout le monde que j'« écrivais » parce que j'avais le sentiment qu'être comme les autres signifiait n'être personne. Je voulais faire croire que le monde était à mes pieds et que j'allais lui piétiner la tronche. C'est sans doute pour ça que j'avais emmené ma grand-mère ; elle me donnait une raison d'avancer, et quand elle me regardait avec tout l'amour dont elle était capable, je me sentais comme le plus grand des hommes.

Adèle voyait mes peurs mieux que personne et savait les faire disparaître par un sourire. Elle se moquait que j'aie de grandes oreilles un peu décollées, un corps ingrat, et des cheveux déjà clairsemés. Elle n'avait jamais vu mes tentatives maladroites d'être quelqu'un d'autre, ni lu les textes que je griffonnais dans mes carnets. Elle voyait juste que je m'isolais parfois des repas de famille, sans me faire de reproches. Elle était mon enfance, mon repère et celle qui ne m'interdisait pas de me perdre.

Mon arrière-grand-père, Santos, était lui-même écrivain. Peut-être ai-je eu envie de me montrer digne de sa mémoire, en écrivant à mon tour. Ma grand-mère me parlait de lui avec admiration et j'ai toujours craint de ne jamais me hisser à sa hauteur. Santos était arrivé à Barjas, petite ville de l'ouest espagnol et avait fait trembler la terre.

On racontait qu'il avait un jour débarqué seul dans le village, armé d'un minuscule baluchon et de tous ces mots qui pouvaient fleurir de ses mains. Des mains frêles, celles d'un artiste, qui ne travaillaient pas la terre mais le verbe. Il s'était installé dans la petite bâtisse d'une vieillarde qui en avait terminé avec la douleur. Santos sentait presque encore son odeur, et si cela l'avait d'abord effrayé, il avait appris à aimer cette compagnie, une présence flottante alors que la solitude le rongeait.

Ses cheveux roux, comme ceux des Vikings bien des mondes avant le sien, détonnaient parmi cette foule de crinières noires et touffues. Certains expliquaient que c'était parce qu'il était trop intelligent et que son cerveau chauffait sous son crâne ; qu'il était doté d'un grand pouvoir, celui de lire et d'écrire, et ainsi d'ouvrir un nouvel horizon aux Hommes, celui d'échapper à leur destin.

Ses mots exploraient le monde et franchissaient les frontières. Les habitants du village le craignaient autant qu'ils l'admiraient. On toquait à sa porte pour se réfugier derrière ses récits, parce qu'il est plus simple d'écrire sans les mains mais le cœur grand ouvert. Avec lui, il n'était plus interdit de rêver, ni de correspondre avec cette personne dont on avait croisé le regard puis la langue, échangé une adresse à la volée et que l'on redoutait de ne plus jamais étreindre. Santos écrivait des espoirs et des larmes derrière son bureau. Il modelait des coups de cœur et réparait l'impossible. C'était ça, Santos, un archer avec une belle âme. L'homme que vous alliez voir quand les paroles ne suffisaient plus.

Un jour, une jeune femme était venue lui rendre visite. Timide, le visage long et émacié, des yeux qui auraient percé un cœur plus rapidement que toutes les lettres de Santos réunies. Elle venait d'un village situé à près de deux heures de marche, autant dire une éternité. La pièce avait vacillé, et Santos s'était accroché à son bureau. Cette femme, Manuela, s'était demandé ce qui lui arrivait. En voilà un drôle d'homme : si c'était lui qui était censé coucher sur papier ce qu'elle avait sur le cœur, elle ferait mieux d'apprendre à lire et écrire toute seule. Il avait repris un peu de contenance, calmé son souffle et supplié ses poumons de le laisser respirer. Incapable d'émettre un son, il avait pris un crayon pour parler, et leurs mondes avaient chaviré. Manuela et Santos, Santos et Manuela, l'écrivain public aux émotions fragiles, l'éleveuse de chèvres aux yeux comme des flèches. Ils avaient commencé à écrire leur histoire.

Bien des années plus tard, ma grand-mère avait décidé d'apprendre à lire et écrire sans fautes, comme son père avant elle. Elle avait toujours eu honte de ses erreurs de grammaire, de ces verbes qui ne conjuguaient pas comme il fallait, des ponctuations qui ne ponctuaient rien. Adèle se penchait sur sa feuille. Son écriture enfantine s'affirmait à mesure que les leçons portaient leurs fruits. Elle écrivait sur tout et n'importe quoi. Elle voulait être prête quand viendrait le temps des cartes d'anniversaire ou de Noël : sa fille et ses petits-enfants n'avaient jamais vu son écriture. Pas une faute, des points à la bonne place, des virgules tranchant les phrases au bon moment. Elle voulait nous surprendre et nous montrer qu'elle faisait ça pour nous. Je suis sûr qu'elle espérait que Manuela et Santos souriaient en la voyant faire.

En réalité, je connais mal son histoire, car elle fait partie de cette génération qui ne s'autorise que peu à s'appesantir sur le passé, là où sont restés le pays de son enfance, sa langue et ses souvenirs. Adèle se terre dans le silence quand mes questions se font trop insistantes. Ça me rend fou : une fois parties, toutes ces vies seront à jamais perdues dans le silence des ombres. Mais il est plus simple de se débattre avec des fantasmes qu'avec des morts. Ils peuvent être modelés à notre guise et c'est ainsi que j'ai décidé de penser à cette famille espagnole.

Je sens parfois ses souvenirs remonter, surtout quand elle regarde longuement une photo de famille jaunie. Elle aime tant les photos qu'elle a tenu à ce que chacun de ses petits-enfants pose très tôt devant l'objectif d'un photographe professionnel. Les murs vierges de son appartement étaient ornés de trois immenses portraits de nous, souriants. Notre expression était figée sur un papier glacé qu'elle contemplait plusieurs fois par jour.

Je me réfugiais souvent chez elle, quand ça grondait dehors ou que je n'avais nulle part où aller. Je me cachais sous les quantités astronomiques de nourriture qu'elle me servait. Elle était toujours là, avec le même regard et les mêmes rires. Toujours là, parce que c'était où elle voulait être, au plus proche de ceux pour qui elle avait construit son monde. Rien d'autre n'avait d'importance. Et on m'avait retiré ça.

Je n'avais pas eu le temps de dire au revoir à son appartement. On avait embarqué son corps inerte dans un camion aux sirènes rouges hurlantes. L'un de ceux que l'on croise en espérant qu'il ne s'arrête pas où l'on se rend. Dix côtes et deux vertèbres brisées par une chute dans son escalier. « Peu de chances qu'elle s'en sorte », nous avait dit le médecin, alors qu'elle était allongée sur un lit d'hôpital, maintenue en vie par des tubes en plastique. J'avais presque eu envie de les arracher, de lui dire que c'était fini, maintenant, qu'elle pouvait se reposer. Mais elle avait tenu le coup, repris connaissance progressivement et, après quelques semaines de convalescence, s'était risquée à aller marcher un peu dehors. On l'avait alors déplacée dans une maison de retraite, où son corps et son cerveau finiraient de s'éteindre. Parfois, je regrette de ne pas l'avoir débranchée.

De la fumée se détache dans le ciel, et une lueur rouge pointe au niveau du sol. Je ralentis et repère une route en terre qui bifurque sur la gauche. Tout doucement, je m'y engage et malmène la voiture, dont les roues crient de douleur alors qu'elles franchissent le chemin semé d'ornières. À mesure que j'approche, je distingue un van, puis plusieurs chaises longues et des silhouettes. L'une d'elles est plus voûtée que les autres, et toutes l'entourent comme pour la protéger.

Tu crois que c'est elle ? Est-ce Manuela qui vient nous chercher ? Je ne sais pas comment elle va réagir quand elle verra qu'on a tant grandi sans l'avoir attendue. J'espère qu'elle nous prendra dans ses bras, pour qu'on puisse sentir de nouveau l'odeur de son amour. C'était la plus douce que je n'aie jamais sentie. Ce n'est pas faire offense à notre Joseph : lui aussi savait nous étreindre comme personne. C'est juste que les mères ont le pouvoir de tenir le monde entre leurs bras. Et cela fait si longtemps qu'on ne l'a pas serrée contre nous. Elle me manque, tu sais.

Les silhouettes se tournent vers les phares de la Clio, immobiles, comme des lapins pris au piège. J'arrête le moteur puis sors de la voiture, les yeux fixés sur Adèle, craignant qu'il lui soit arrivé quelque chose. Des paquets de nourriture vides sont éparpillés sur le sol et un feu de camp éclaire faiblement la scène, projetant des ombres sur le visage des inconnus, dont l'un se tient légèrement devant les autres.

— Qu'est-ce que c'est que ce bordel ? je fulmine en m'adressant à ce type qui semble vouloir m'accueillir.

Je sens une rage inédite monter en moi, même si l'homme paraît inoffensif et maigre comme un clou. Il se tourne vers Adèle, s'assure que les trois autres se tiennent près de lui au cas où la situation dégénère et bafouille ce qui s'est passé. Ses mots sont calmes, et je l'entends me dire qu'ils ont repéré Adèle sur le bord d'une route, lui ont proposé de venir avec eux le temps de trouver une solution. Sa voix trahit sa nervosité.

Furieux qu'un inconnu ait embarqué ma grand-mère, je ne l'écoute presque pas. Je regarde par-dessus son épaule pour capter le regard d'Adèle, mais elle semble déçue de me voir. Me reconnaît-elle ?

— Mais t'es qui, toi, putain ? je beugle en m'avançant tout près du gars, jusqu'à ce que nos nez se touchent presque.

— Jacques. Je conduis le van que tu vois derrière moi, et mes amis et moi sommes en route pour l'Écosse, on va voir le monstre du…

Je pète un plomb. Ils n'ont pas le droit. Elle est à moi, ma grand-mère. C'est ma décision, notre voyage, nos épreuves. Je ne la partagerai avec personne ; je ne les laisserai pas m'enlever ce qui lui reste de lucidité, parce que je veux garder ces moments pour moi, parce que partager, c'est laisser à d'autres le peu de choses qui lui reste.

Alors, je le frappe, ce connard de hippie, je lui colle une droite qui le fait vaciller et tomber sur le sol. Je le rue de coups, m'acharne sur son visage, son torse, je veux lui faire mal, lui faire entrer dans le crâne que je souffre à en mourir, je veux qu'il le dise à tous ceux qu'il croisera. Je veux qu'il porte cette souffrance rivée à ses yeux, j'ai envie de les crever, pour qu'ils ne voient plus rien, deviennent noirs comme un cerveau malade. Quelqu'un m'attrape par les épaules et me force à m'éloigner du corps de Jacques qui se tord de douleur par terre en gémissant. Le visage tuméfié, ses lèvres pissent le sang et il semble plus étonné qu'en colère.

Adèle s'approche alors de moi et me serre le bras, pas fort, juste pour me rappeler sa présence. Je reprends possession de mon corps. Jacques est allongé sur le sol, tandis que les autres, tremblants de peur, se tiennent à côté de lui. Je m'agenouille près de Jacques, pose mes mains sur ses épaules. Celui-ci sursaute, craignant que les coups tombent de nouveau. Je ne sais pas quoi faire, j'ai envie de crier car quelque chose dévore mes entrailles, une violence que je contiens depuis longtemps. Je la sens de nouveau monter en moi, dans mes poumons et dans ma gorge, dans mes poings et jusque dans mes muscles. Je suis sur le point de frapper de nouveau ma victime, alors je hurle avec toute la force dont je suis capable pour m'en empêcher. Je pleure de rage en regardant autour de moi, et vois derrière ma vision brouillée que personne n'ose m'approcher.

Le regard fou, je me relève et me retourne vers ma grand-mère. Je vois bien qu'elle ne reconnaît pas l'homme qu'elle a devant elle. Je lui prends doucement la main, l'emmène vers la voiture et lui ouvre la porte pour qu'elle s'installe. « On s'en va. » Jacques pousse un soupir et perd connaissance.

10

— Fe mec est un fou furieux, et j'en ai croisé un paquet dans ma fie. F'étais dans la finance, parvient à articuler Jacques, non sans difficulté.

Il lui manque plusieurs dents et ses lèvres semblent gonflées par du botox. « Il ressemble aux frères Bogdanoff », pense Jo, presque intriguée par les couleurs apparues sur le visage de la victime. Du bleu foncé, du rouge, un peu d'orange et du violet. Un Bogdanoff coloré.

On lui avait immédiatement transféré l'affaire. Éric et ses acolytes, qui avaient parlé à la place de Jacques, ont affirmé que le gars qui avait pété un plomb était lié d'une façon ou d'une autre à une grand-mère récupérée sur la route. La description physique, le lieu, tout concordait. La voiture aussi. Jo s'était empressée de se rendre à l'hôpital où Jacques restait en observation, et avait été surprise de constater comme son visage était tuméfié. Mathieu semblait plus dangereux qu'elle ne l'avait cru, et cette perspective ne la réjouissait pas vraiment.

— Et qu'est-ce que vous foutiez avec une grand-mère à cette heure de la nuit ?

Anaïs, fatiguée d'être ballottée entre les services et de répondre aux mêmes questions à des flics différents, prend la parole. Ses yeux sont cernés car elle n'a pas dormi de la nuit, veillant sur Jacques pendant le trajet jusqu'aux urgences, puis restant éveillée jusqu'à ce qu'un médecin l'autorise à le voir.

— Je sais pas, qu'est-ce que vous en dites ? On a vu une grand-mère sur le bord de la route, en pleine nuit, et puis on a hésité à l'écraser, mais vu qu'on passait tous une bonne journée, on s'est dit qu'on remettrait ça à une autre fois. Alors, on l'a prise avec nous. Ça vous va, comme explication ?

Là, elle marque un point, mais Jo doit essayer de les déstabiliser pour être certaine qu'ils ne cachent rien. Elle ne compte plus le nombre de gens paumés qui quittent tout pour aller on ne sait où, à la recherche de quelque chose qu'ils ne savent pas définir eux-mêmes. Et franchement, elle les envie, ces idéalistes forcenés. Ce qu'elle ne comprend pas, c'est pourquoi la grand-mère aurait voulu partir toute seule en laissant son petit-fils.

— Et qu'est-ce qu'elle faisait sur la route, alors ? répond Jo en ignorant le ton provocateur d'Anaïs.

— Elle partait voir sa mère.

— Sa mère ?

— C'est ce qu'elle nous a dit, oui. On a tout de suite senti qu'un truc n'allait pas et qu'elle était complètement paumée, cette mamie. On pouvait pas la laisser seule dans la nuit.

Il y a un truc qui cloche, songe Jo. On lui avait décrit une grand-mère certes malade, mais pas au point d'avoir des hallucinations. Elle oubliait des prénoms, se trompait parfois de chambre, mais pas grand-chose de plus. Voilà ce que les aides-soignantes lui avaient dit. Comment allait-elle pouvoir trouver une personne qui ne savait pas elle-même où elle était ?

— Parlez-moi du petit-fils, Mathieu.

— Fif de pute ! intervient Jacques.

Après avoir essuyé avec un Kleenex les éclaboussures de sang que la bouche de Jacques venait de projeter sur son plateau-repas, Jo poursuit.

— Mathieu, donc.

— J'ai rien d'autre à dire que ce que l'on a déjà dit à vos collègues. Il a débarqué comme ça, complètement hystérique, nous a demandé qui on était et s'est mis à défoncer la tronche de Jacques.

Le Jacques en question hoche la tête en signe d'approbation et esquisse un sourire qui permet à Jo d'observer la bouillie lui servant maintenant de dentition. Difficile de croire que c'est Mathieu qui a fait ça : il a été présenté par tous ceux avec qui elle avait parlé comme un garçon attentionné et discret. Certains étaient même persuadés que Mme Lossage commençait à tomber amoureuse de ce jeune qu'elle décrivait comme « un beau et doux garçon qui manque à chaque fois de se frotter la tête au plafond tellement il est grand ».

Ceux-là sont les pires, pense Jo. Ceux qui ne disent rien et paraissent calmes en toute circonstance, haussent rarement la voix et n'ont jamais un geste plus haut que l'autre. Quand ils perdent le contrôle, ils deviennent une autre version d'eux-mêmes, aveugles à tout ce qui les entoure. Des boxeurs sans gants ni ring qui tournent autour de leur proie avant de se jeter sur elle. Jacques avait fait honneur à tous les punching-balls de la planète.

« Hystérique ? », note Jo plus pour elle que pour les autres. Elle jauge les quatre personnes qui lui font face. Elle ne pourra rien en tirer de plus, ils sont fatigués et ont hâte de reprendre la route. Ils ont l'impression d'être rattrapés par un passé qu'ils n'ont plus envie de regarder dans les yeux : ils veulent s'en aller, c'est tout. Juste des voyageurs tombés au mauvais endroit, au mauvais moment.

Jo leur donne une carte avec son numéro de téléphone en leur demandant de la rappeler s'ils pensent à quoi que ce soit. Elle leur demande de lui envoyer une photo de Nessie. Bien que sincères, ses mots sonnent faux. Comme si elle se moquait de ces pseudo-hippies et leur parlait avec suffisance, du haut de sa sévérité et de ses traits tirés. Elle les raccompagne à la porte.

De retour au siège de son service, elle constate que Marc et Clément jouent au basket, une poubelle en guise de panier, qu'ils visent avec des boules de papier. Plusieurs sont éparpillées autour, signe qu'ils n'ont pas réussi à en faire entrer beaucoup. Ils ne réussissent jamais grand-chose ceux-là, de toute façon. Même les boulettes ratent leur cible.

— Vous deux, venez avec moi ! Marc, tu conduis, Clément, tu viens aussi, je trouverai bien un moyen de t'occuper, ordonne-t-elle en récupérant les clés sur son bureau.

Et tandis qu'elle tente d'adopter une démarche assurée en sortant de l'*open space*, sa jambe gauche la lance de nouveau vivement. Même dans son bureau, où le ciel n'est qu'une chimère, elle a l'impression que ses baskets s'enfoncent dans de la mousse. Sa mémoire saigne et elle chancelle, au point de devoir se tenir à un mur pour ne pas chuter. Les ombres s'épaississent à mesure qu'elle plonge une nouvelle fois dans les bois, où elle n'a jamais pu se risquer à nouveau.

Joséphine essuya la transpiration perlant sur son front et enfonça sa hache au centre du rondin. Il se coupa en deux, net : elle n'avait pas perdu la main. Encore une dizaine et elle aurait assez de planches pour finir de construire la table à manger. C'était comme une thérapie : les bras qui se levaient et se rabaissaient, le poids de l'outil dans sa main, la douleur dans ses épaules qui l'empêchait de penser à autre chose. Un travail mécanique et éreintant, grâce auquel elle mettait son cerveau en veille, concentrée sur sa position et ses gestes. Joséphine n'avait jamais été une force de la nature comme son père, mais elle avait toujours compensé cela par une volonté à toute épreuve.

Elle ramena les bouts de bois et les jeta en vrac sur le sol, à l'intérieur de la cabane. Elle ne ressemblait plus à grand-chose, grignotée peu à peu par le lierre et son bois rongé par les vers. Tout sentait le moisi : les draps, laissés intacts depuis la mort de son père, la vaisselle sale et les souvenirs que ses murs renfermaient. C'était à cet endroit qu'il avait poussé son dernier souffle et, chaque fois qu'elle s'engageait sur le sentier menant à la cabane, elle se demandait où il s'en était allé, ce qu'il avait ressenti avant de fermer les yeux pour toujours. Elle espérait seulement qu'il avait songé à elle.

Après sa mort, elle avait tenté de ne plus jamais penser à la cabane, mettant un voile sur cette partie de son enfance. Elle y parvint en se réfugiant dans le travail, redoublant d'efforts pour résoudre des enquêtes complexes, dirigeant son service d'une main de maître, négligeant son apparence et ses relations, jusqu'à s'oublier elle-même. La retaper fut un moyen de redonner de l'éclat à cette partie heureuse de sa vie, et à mesure qu'elle ponçait et vernissait le bois, arrachait les mauvaises herbes et replantait des fleurs, elle avait l'impression de retrouver ses parents, les imaginait l'examinant d'un air approbateur, fiers qu'elle continue d'entretenir le petit coin de paradis qu'ils avaient mis tant d'années à construire. Un coup de feu résonna dans la forêt.

Elle vit des oiseaux s'envoler, paniqués par cette intrusion soudaine dans leur quiétude. Un deuxième, plus proche cette fois. D'instinct, elle mit la main sur sa hanche, là où aurait dû se trouver son arme de service. Elle ne l'avait pas prise avec elle, bien sûr, pourquoi aurait-elle eu besoin de se défendre ici ?

— Arrêtez de tirer ! rugit-elle de toutes ses forces.

Silence pendant plusieurs minutes. Jo aperçut au loin une silhouette humaine qui s'avançait vers elle. L'homme, fusil sur l'épaule, paraissait immense. Il portait un pantalon large et une chemise à carreaux et ses yeux étaient dissimulés par une casquette rouge délavé. Il émergea d'entre les arbres et se posta à quelques mètres.

— C'est vous qui avez crié ? lui demanda-t-il, étonné de croiser quelqu'un dans ces bois. J'étais persuadé d'être seul par ici.

Il s'approcha de Jo en prenant le temps d'admirer la cabane.

— C'est une sacrée baraque que vous avez là !

Elle acquiesça sans un mot. L'homme, qui affichait désormais un rictus mauvais, s'avança encore. Joséphine fit un pas en arrière, manquant de trébucher sur une racine.

— Vous êtes pas très bavarde, vous, je me trompe ?

Il passa si près de Jo qu'elle pouvait sentir sa sueur et détailler son fusil, une arme pour tuer plus que pour chasser. Désormais à une vingtaine de centimètres de la cabane, il donna un coup de pied dans le bois et poursuivit.

— Les fondations vont s'écrouler si vous les renforcez pas, dit-il. J'peux vous donner un coup d'main, si vous voulez. Ce serait avec plaisir.

Il releva un peu sa casquette et plongea ses yeux dans les siens.

— Dites, vous voulez que je m'en occupe, oui ou non ?

Joséphine, pétrifiée, aurait voulu le frapper, mais ne parvint pas à bouger. Il l'hypnotisait presque par sa taille, sa musculature et surtout ce regard dans lequel elle sentait poindre la rage. Cet homme voulait lacérer sa chair. En plantant ses crocs sales dans sa peau, en coulant en elle comme la sueur qui perle sur son torse trop lourd pour s'en dépêtrer. Elle regretta amèrement de ne pas avoir pris son arme. Il posa son fusil contre la cabane, canon vers le haut, et remonta les manches de son pull. Maintenant tout proche, il la dévisageait, l'examinait de bas en haut avec une expression lubrique. Ses bras étaient aussi velus que ceux d'un ours, et ses poils brillaient d'une fine couche de transpiration.

Effrayée, Jo hurla mais personne ne l'entendit. Son cri s'abîma entre les arbres, étouffé par la mousse sur le sol, le bruit du vent entre les cimes. Elle courut, en espérant semer les monstres.

11

M. Richard ne parlait pas beaucoup, c'est vrai, et tout le monde le lui reprochait. Qu'est-ce que ça pouvait bien leur faire ? Ils l'encourageaient, le prenaient par la main et lui souriaient. Mais lui aurait juste voulu rester assis et observer les allées et venues, les arbres qui bougeaient au fil du vent, les lumières qui s'allumaient et s'éteignaient au gré du sommeil. Qu'ils profitent des visites de leurs enfants, en parlent longuement après leur départ, qu'ils regardent la télé, prennent leurs médicaments et bouffent leur purée. Mais qu'ils lui fichent la paix !

Ça faisait bien longtemps que plus personne ne venait le voir, lui. Il l'avait accepté. Il était trop triste, sûrement, pour que sa compagnie fût agréable. Ses lunettes étaient trop austères, ses chemises trop grises, son visage trop émacié. Il ne voyait pas d'autre explication.

Il ne participait presque jamais à leurs activités qu'il trouvait idiotes et avilissantes. Il ne se sentait pas comme eux. Ils étaient bien plus proches de la fin que du début. Lui aussi, bien sûr, mais pour certains, la fin était synonyme de merde et de pisse, de bave et de taches. Il n'avait rien à voir avec ça. Mais s'il avait la sensation que son esprit était intact, son corps avait cessé d'obéir. Après réflexion, il n'y avait qu'avec Adèle qu'il aimait discuter. Elle faisait partie des rares personnes qui étaient là sans trop en faire, qui écoutaient sans interrompre, ou interrompaient pour être sûres de bien comprendre.

Sa présence l'apaisait. Ils restaient parfois l'un à côté de l'autre sans rien se dire pendant des heures, juste à ressasser des pensées qui n'appartenaient qu'à eux. Adèle était discrète mais veillait sur lui, ne le bousculait pas mais l'accompagnait. Parfois, il la rejoignait dans sa chambre, mais faisant attention à ce que personne ne le remarquât : même à leur âge, on aurait pu leur prêter une liaison secrète. Mais M. Richard n'avait jamais pensé à cela : il n'avait appartenu qu'à Nicole.

S'il ne parlait pas aux autres, c'est qu'il n'avait rien à leur dire. Il savait qu'aucun ne ferait vibrer les mots comme elle et ne transformerait une conversation sur la météo en épopée romanesque. Aucun n'arriverait à la cheville de ses sourires, de cette bouche dans laquelle il avait plongé avec avidité pendant plus de cinquante ans. Personne ne parviendrait à le réveiller, le détendre et l'étreindre, à le soulever de terre et à lui donner envie de rester immobile des heures durant, sans autre horizon que celui de deux corps allongés. Il n'avait rien à leur dire.

Aucun ne pourrait le protéger des orages, des coups durs, de la boue et de ses larmes noires qui léchaient les pieds, personne ne pourrait lui donner mal au ventre, là, profond, à force d'aimer. Vraiment, il n'avait rien à leur dire.

Ils ne seraient jamais « elle », et ça ne pourrait donc jamais suffire. Il avait juste envie de la rejoindre. Alors il attendait. Rester ainsi immobile le ferait peut-être disparaître plus vite. Si personne ne lui parlait, ne le nourrissait, ne lui souriait ou ne s'asseyait en face de lui, il partirait plus tôt.

Sa fin à lui mettait trop de temps à arriver, alors qu'elle était arrivée bien trop tôt pour elle. Il avait eu le temps de s'y préparer pourtant, au cours de ces longues soirées où il lui avait tenu la main sur son lit d'hôpital, ces après-midi morbides où le seul bruit était celui des machines qui la maintenaient en vie. Il avait écouté les médecins lui annoncer mauvaise nouvelle sur mauvaise nouvelle, avait suivi leurs cours ridicules de soutien psychologique. Pourtant, il n'avait jamais réussi à penser à autre chose qu'à elle. Et même si c'était dur, même si ça l'anéantissait à petit feu, elle était toujours là. Il aurait tué pour que la douleur se prolongeât, car cela voulait dire que sa femme ne s'était pas encore envolée.

Un jour, le bruit s'était éteint et la main était devenue froide. Elle n'était plus que du vide et une enveloppe corporelle sans relief. Alors, juste une seconde, M. Richard avait éprouvé un soulagement de savoir que le fardeau de sa maladie n'allait plus peser sur ses épaules. Un infime moment d'égoïsme. Mais depuis, cette seconde le dévorait. Comment avait-il pu se réjouir de la mort de sa femme ? Quel genre d'homme était-il pour ressentir cela ?

Devant la fenêtre de la maison de retraite, les jambes croisées et les mains posées sur son genou droit, M. Richard revoyait la scène en boucle. Elle se rembobinait, le hantait et le détruisait. Une seconde éternelle, qui lui donnait envie de disparaître à son tour.

Alors il attendait, et Adèle le regardait.

12

Je déteste par-dessus tout que des personnes qui n'ont pas vu ma grand-mère depuis des mois me disent : « Ça va, non ? Je pensais que ça allait être pire ! » juste parce qu'elle leur avait souri. « Elle continue d'être là, ta grand-mère et après tout, c'est l'essentiel. Pas vrai, Mathieu ? »

C'est dans ces moments que le monstre remonte à la surface. Ces gens qui ne lui rendent jamais visite mais prétendent s'inquiéter, ceux qui prennent un sourire d'une demi-seconde comme gage de bons jours. Qu'ils viennent passer dix minutes dans sa chambre avec elle et respirent l'odeur d'un corps qui lâche prise. Qu'ils la prennent par la main, et constatent que même ses os sont sur le point de se briser, qu'elle ne peut plus danser ou même tenir un livre.

Si je me souviens d'une image de mon enfance, c'est de celle d'Adèle en train de lire dans ce vieux canapé beige, usé par des griffures de chat, trônant au centre de la pièce. Quand j'arrivais, elle levait les yeux de son livre, posait ses lunettes et se tournait vers moi. Elle souriait mais attendait toujours que je dise le premier mot et vienne l'embrasser sur la joue pour marquer le début officiel de la visite.

Dans des carnets qu'elle gardait dans la chambre d'amis, elle notait les livres qu'elle avait lus : « M » pour mauvais, « P » pour passable, « B » pour bon et « TB » pour très bien. Les auteurs dont les livres avaient obtenu la note « M » avaient très peu de chances d'être de nouveau sélectionnés. J'aimais penser que ce classement rattrapait l'enfance qu'elle n'avait jamais eue : l'école, les notes, la boule au ventre lors de la restitution des copies.

Adèle faisait un suivi précis de ses lectures pour ne jamais lire deux fois le même livre. Elle espérait à chacune de ses visites à la bibliothèque qu'un nouveau roman de ses auteurs favoris serait sur les étagères. Elle connaissait tout le monde là-bas, si bien que les bibliothécaires la laissaient emprunter plus de livres que la limite autorisée.

Je me suis rendu compte que quelque chose clochait quand elle a commencé à se perdre sur le chemin de la bibliothèque. Parfois, le même ouvrage restait plusieurs jours sur la table basse, le marque-page à la même page. Adèle, toujours assise sur le fauteuil du salon, gardait les yeux dans le vide. Puis les placards ont cessé de se remplir, le sol de se laver, la douche de se mouiller. Les plaques de cuisson ont continué de brûler et les casseroles de s'enflammer. Les lessives ont arrêté de tourner, pendant que les sous-vêtements n'en finissaient plus de se salir. On a comblé les vides pendant un temps, tout fait pour qu'elle puisse rester chez elle, dans cet appartement où elle avait construit sa vie et qui portait son odeur.

Elle n'allait pas si mal, Adèle. Mais chaque petit geste du quotidien devenait une montagne à gravir. Elle était toujours rigolote, charismatique, attentionnée et aimante, descendait faire son marché le matin, remontait, redescendait deux heures plus tard car elle avait oublié qu'elle y était déjà allée. On en riait : au moins, sa mémoire fragile la maintenait en forme !

Puis les sorties au marché ont commencé à se faire la nuit, et les crises de panique se sont rapprochées. Les placards et le frigo étaient gorgés de nourriture qui pourrissait. Les voisins se plaignaient de cette mamie qui toquait régulièrement à la porte et les grondait presque parce qu'elle croyait qu'ils avaient volé son appartement. « Pourquoi êtes-vous chez moi ? Foutez le camp ! »

Elle ne répondait plus au téléphone, le débranchait sans raison ou laissait pendre le combiné. Alors on accourait chez elle, affolés. Adèle nous accueillait dans son éternel canapé avec son éternel sourire, et nous demandait pourquoi on avait l'air si paniqué, nous rappelant que ce n'était pas bon pour la santé de courir comme ça. Il fallait trouver une solution. L'escalier de son immeuble s'en est chargé pour nous.

13

Mme Lossage arrangea le chemisier d'Adèle. Dix bonnes minutes que l'un des côtés n'était pas comme il faut. Alors, elle s'était levée aussi vite que sa canne le lui permettait pour réparer ce naufrage. Voilà qui était mieux.

Mme Lossage avait été styliste, alors les chemisiers, c'était son truc. Elle en avait vu passer des milliers pendant sa carrière, des trop courts, pas assez larges, élégants ou bon marché. D'ailleurs, elle ne connaissait pas la marque de celui-ci mais ne serait pas étonnée qu'elle l'eût cousu elle-même. Quelle idée ! Des milliers de couturiers respectables sur cette planète, et certains cousent encore leurs habits ! Parfois, elle ne comprenait plus rien.

Adèle était très loin d'être la pire, soucieuse, un minimum, de ce qu'elle portait. Et même si ses associations de couleurs étaient parfois hasardeuses, ses efforts se voyaient. Pas comme tous les autres qui ne faisaient plus attention à rien. Avec leurs allures et leurs coiffures, leurs chaussures qu'elle ne porterait même pas sous la torture, leurs chemises informes et leurs pantalons mal taillés.

En même temps, qui auraient-ils pu vouloir charmer ?

Enfin, pour ce qu'elle en avait à faire… Ce qui l'intéressait maintenant, c'était de savoir quand son mari viendrait la retrouver. Elle avait beau poser trois, quatre fois par jour la question aux aides-soignantes, elle ne se souvenait plus. Son mari, avec son fauteuil roulant et ses yeux un peu perdus, sa grosse moustache qu'il ne taillait plus, et ses petits bisous qu'elle ne sentait plus assez souvent.

Elle s'inquiétait parce qu'il était toujours en retard, son Thomas. Et puis, elle savait bien que si elle n'était pas là pour le guider, il ne trouverait plus son chemin. Ça avait toujours été comme ça : elle était son phare, solide, et lui un marin perdu en mer, cherchant un point de repère dans la tempête. Touchant, non ? Du moins, elle aimait le penser.

C'était ce que lui répétaient ses enfants : un phare, mais un phare qui les éblouissait. C'était peut-être pour ça qu'ils ne venaient plus la voir. Elle leur avait envoyé trop de lumière alors que tout ce qu'ils voulaient, c'était rester dans le noir. Là où elle ne pourrait plus leur dire ce qu'ils devaient faire, penser et leur dicter gestes et pensées. Elle admettait toutefois qu'elle avait toujours eu un côté autoritaire. Déformation professionnelle. Quand on est une grande styliste, on ne s'embarrasse pas de détails futiles. On dirige, on exige, on gronde. La douceur n'a jamais mené à rien.

Elle leur avait tout donné, pourtant, tout ce qu'elle n'avait jamais eu. Une maison luxueuse et de grandes chambres, des repas gargantuesques et des petits-déjeuners paradisiaques. Les cocktails ? Sa vie entière en avait été un, pleine de saveurs et d'ivresse, de sucre et de piquant.

Et elle refusait que les saveurs s'en aillent pour toujours. Alors, quand le beau jeune homme entrait, celui qui venait voir Adèle presque tous les jours mais dont elle ne se rappelait pas le prénom, elle essayait de le séduire. Elle lui souriait, espiègle, et lui disait de faire attention à ne pas taper le plafond avec sa tête. Des grands jeunes hommes comme ça, elle en avait croqué un bon paquet dans sa jeunesse.

Mais elle voyait trop d'obscurité à son goût, en ce moment, et plus personne n'était là pour recharger ses batteries. Elle ne demandait pas grand-chose, juste une étreinte. Mais depuis que sa fille ne venait la voir que pour lui faire signer des documents administratifs, elle en avait de moins en moins. Elle n'avait pas épousé Thomas pour ses qualités d'« étreinteur ». Mais il avait toujours été d'accord, la suivait partout, complètement aveuglé par l'amour, sourd à ses critiques. Parce qu'elle lui en avait fait voir de toutes les couleurs et des pas mûres. C'est comme ça qu'on dit, non ?

Elle n'avait pas vu son fils depuis au moins cinq ans. Ou deux jours – elle n'arrivait plus à faire la différence. C'était un peu ça qui l'inquiétait, pour être honnête, les jours semblaient durer des mois ici, et même si on lui avait dit que ça ne faisait qu'un an et demi qu'elle était là, elle avait l'impression d'avoir déjà vécu dix réveillons. Tous mornes, d'ailleurs, sans cadeaux ni champagne.

Mme Lossage lissa sa robe, se regarda dans un miroir de poche et se recoiffa. Elle déboutonna un peu son chemisier, vérifia que son rouge à lèvres était toujours en place et attendit, près de la porte d'entrée, aussi élégante que possible dans cet endroit qui n'avait jamais été autrement que laid.

On pouvait tout lui enlever, à Mme Lossage, on pouvait tout lui prendre, l'argent qu'elle n'avait pas dépensé ou l'amour d'enfants qu'elle n'avait su élever. Mais elle resterait belle jusqu'à ce que sa lumière s'éteignît. Il ne lui restait que ça. Et cette porte qui refusait de s'ouvrir pour laisser entrer son mari.

14

« Je suis un criminel », ces quatre mots me hantent tandis que je conduis en serrant fort le volant. J'ai presque tué ce type et j'ai fui. C'est donc cela qu'on ressent quand on bascule.

J'avais toujours été fasciné par ce que le cerveau était capable de faire faire à des hommes et femmes sans histoire. On lisait des choses monstrueuses dans les journaux – des témoignages glaçants de voisins, amis ou bons pères de famille qui avaient enterré leurs femmes. Peut-être lirait-on mon histoire, à moi aussi, peut-être interrogerait-on ma famille, pour démêler les fils de ce récit. Comment un garçon si discret avait-il pu défigurer un inconnu et entraîner sa grand-mère dans son sillage ?

Je sentais que j'étais sur le point de céder, parce que tout était devenu trop difficile à porter. Pas tant que ma grand-mère vive dans cette maison de retraite, mais de ne pas y être en permanence avec elle. Cette culpabilité me rongeait. Il ne nous restait plus beaucoup de temps, et je regrettais chaque minute passée loin d'elle.

J'étais irritable, négligeais mon apparence, passais de longues heures à ne rien faire, les yeux dans le vide. Je n'écrivais et ne lisais presque plus. Je m'éloignais chaque jour un peu plus vers un endroit auquel personne n'avait accès. J'en étais venu à presque apprécier ma peine. Elle me permettait de justifier mon mal-être : personne n'osait me sermonner quand on comprenait ma tristesse. Comme si j'en avais quelque chose à foutre. « Foutez-moi la paix ! aurais-je voulu leur crier. Épargnez-moi votre fausse pitié et votre inquiétude hypocrite. Prenez donc mes angoisses et mes insomnies, et vous comprendrez. »

— Mathieu, je crois que tu fais une erreur, murmure ma grand-mère alors que je négocie un nouveau virage. Je crois que tu devrais me ramener là-bas.

Je ralentis, mets mon clignotant et me gare sur le côté de la route. Sans couper le moteur, je me tourne vers elle, dont les yeux restent fixés sur un point.

— T'es pas bien, là, avec moi ? C'est pas ce que tu voulais ?

— Tu sais bien que ça n'a rien à voir avec ça, répond-elle sans me regarder.

— Tu me parlais tout le temps de ce film-là, comment il s'appelle déjà ? Celui avec les deux filles qui prennent la route toutes les deux.

— *Thelma et Louise.* J'adore ce film, dit-elle en souriant.

— Voilà, *Thelma et Louise.*

— Sans vouloir te vexer mon chéri, mais tu n'as rien d'une Thelma, et je suis bien trop vieille pour être une Louise.

Cette vision me glace. Il y a de l'amour dans ses yeux, une tendresse infinie qui me bouleverse, mais je perçois autre chose. Elle a peur, je le sens. Je n'ai jamais vu cette lueur, même lorsque les médecins viennent lui annoncer une mauvaise nouvelle ou lorsqu'elle se cogne et que le sang coule à flots. Je déteste son inquiétude, et plus encore le fait d'en être la cause.

— Ce n'est pas bien ce que tu as fait tout à l'heure, dit-elle en détournant de nouveau les yeux.

Que puis-je répondre ? Elle a raison. Mais je ne peux pas revenir en arrière. Je garde le silence, mais elle comprend que je suis d'accord avec elle. Je revois le visage défiguré de l'homme, le sang qui gicle, les cris qui s'arrêtent à mesure que les coups pleuvent, ses supplications minables, ses gémissements ridicules, son corps inerte qui se laisse malmener, les mains de son ami qui me tirent en arrière, la poussière, les larmes, la rage d'un homme qui ne trouve plus de solutions.

— Laisse-moi t'emmener quelque part, d'abord, et je te promets qu'on rentre juste après. J'ai besoin de deux jours, grand maximum. Tu me fais confiance ?

Elle ne me répond pas et ne me demande pas où nous allons. Je sens que je l'ai un peu perdue. Mais je reste persuadé que son attitude changera une fois arrivés. Je regarde autour de moi, enclenche de nouveau le clignotant et fais crachoter le moteur de la voiture.

Je m'engage sur la route et roule dans les non-dits, vers des jours inconnus. Le GPS me guide en direction de chez Marvin, et j'espère que notre destination en vaudra la chandelle.

15

Comme tous les week-ends, Jo apporte ses dossiers dans un café situé si près de chez elle qu'elle s'y sent presque dans son salon. Des lampes pendent au-dessus de tables en bois garnies de prises, incitant les gens à venir y travailler. Au milieu de cette matière grise, quelques couples partagent un petit-déjeuner, installés sur des tabourets au comptoir. Chacun existe près de l'autre, sans s'approcher.

Elle vient ici pour travailler mais se surprend néanmoins à examiner de longues minutes ceux qui l'entourent. Ses dossiers restent rangés dans sa mallette tandis que son café refroidit, les gens qu'elle est censée rechercher courent dans la nature alors qu'elle trempe ses lèvres dans la mousse de son cappuccino. Être là la réconforte. Elle a beau être une femme indépendante, elle déteste la solitude de son appartement. Ses murs n'ont jamais été très loquaces.

Pas plus que sa grand-tante « Pépette », comme tout le monde l'appelait. Son prénom était Odette, mais personne ne l'appelait ainsi. Jo n'a jamais compris pourquoi. Chaque visite chez sa grand-tante était une aventure. Aucune décoration n'ornait sa maison à part deux chaises dans la cuisine et quelques photos en vrac sur des meubles. Son chien, un vieux clébard perclus de rhumatismes, la suivait partout, la langue pendue et les pattes pleines de poils bouclés. Pépette lui donnait à manger à même le sol, sans gamelle. Elle ne s'embêtait pas de détails superflus. À quatre-vingt-huit ans, elle vivait seule, faisait ses courses seule et s'occupait seule de son jardin, d'où elle tirait d'ailleurs la majeure partie de son alimentation – salades, radis, patates qu'elle déterrait à grands coups de pioche sans se soucier de les cuire. « Ça a exactement le même goût dans l'assiette, je vais pas m'emmerder ! » fanfaronnait-elle.

Et pourtant, elle restait coquette et savait se mettre en valeur lorsque l'occasion se présentait. Chemise et chapeau rose, pantalon et chaussures à motif fleuri de la même couleur : lorsqu'elle était invitée à une fête, Pépette régnait sur ce village d'un peu moins de trois cents habitants dont elle connaissait presque tous les prénoms. Elle avait vu grandir trois générations et avait résisté à toutes les tempêtes. Indéboulonnable et immortelle. Jo aimait lui rendre visite, à cette grand-tante qu'elle connaissait pourtant mal, même si elles ne parlaient finalement pas beaucoup. Pépette se lassait vite des discussions banales. Un jour, elle avait commencé à se sentir fatiguée, trébuchait parfois, n'avait plus la force de sortir son chien, qui n'arrivait plus à marcher, lui non plus. La vieillesse, cette chose qu'elle avait toujours fuie, celle qui vous rend dépendante des autres, l'avait grignotée, et resserrait désormais son étreinte. On lui avait parlé d'« aide à domicile », puis de maison de retraite. Pépette avait tout balayé d'un revers de la main. Impensable. Elle, qui ne téléphonait d'ordinaire jamais, avait appelé Jo, à sa surprise, pour lui demander de venir. Pourtant, le moment qu'elles avaient passé n'avait rien de différent des précédents, si ce n'est quelques radotages auxquels elle n'avait jamais fait attention. Elle s'était éteinte dans son lit deux jours plus tard, une boîte de médicaments ouverte près d'elle. Même dans la mort, elle n'avait eu besoin de personne, Pépette, et était partie comme elle le voulait. Jo avait été plus triste qu'elle ne l'aurait imaginé, avant de comprendre son geste. La maison de retraite aurait été une fin lente, pénible et indigne. Pire que la mort elle-même.

C'est sans doute ce que son père avait pensé aussi, se dit Jo en avalant une nouvelle gorgée de cappuccino. Et c'est peut-être ce que ressent Adèle en ce moment : tout le monde la décrit comme la victime, le dommage collatéral de la folie de son petit-fils, mais personne n'a jamais émis l'hypothèse qu'elle aussi voulait peut-être s'évader.

Jo vient aussi dans ce café pour le dessinateur. Elle ne connaît pas son prénom, mais il y a certaines personnes que l'on n'a pas besoin de nommer. Il est toujours là, comme un meuble que l'on vernirait en l'abreuvant de boissons chaudes, vêtu de son inlassable t-shirt kaki et maigre comme un clou. Son visage disparaît derrière une tignasse désordonnée et une barbe fournie, jamais taillée, qui grimpe jusque sur les joues et plonge dans son cou, où les poils noirs de son torse viennent la rejoindre. Ses longs bras et ses doigts fins raturent, gribouillent, gomment et réinventent, ses yeux plissés derrière des lunettes rondes décortiquent, imaginent et retranscrivent.

Jo fait toujours en sorte de se placer à une table près de lui pour observer son travail. Elle est saisie par la justesse des traits et l'émotion que le dessinateur injecte dans un visage crayonné : il voit des choses que les autres ne prennent pas la peine de contempler. Elle l'a vu dessiner des jeunes filles et des hommes ridés, des musclés et des tout plats, des athlétiques et des silhouettes écrasées. Elle l'a vu dessiner des visages arrondis et des gros nez, des petites oreilles et des grandes bouches, des enfants et des mères épuisées, des riches comme des pauvres aux poches vides. Il ne l'a jamais dessinée, elle.

Elle s'en serait rendu compte, car il n'a de cesse de lever les yeux de sa feuille quand il tire le portrait de quelqu'un, ce qui amuse la plupart du temps les clients. Il ne semble jamais la voir, alors qu'ils se croisent tous les week-ends. Elle lui jette des regards insistants, mais son crayon ne s'arrête jamais sur elle.

Aujourd'hui, c'en est trop. Il y a l'affaire de la grand-mère et de son petit-fils qu'elle n'a pas envie de résoudre, parce qu'il a raison de la faire partir, sa mamie, pour qu'elle vive un peu avant la fin ; il y a le souvenir de Pépette, de cette journée à la cabane qui la hante et celui de sa mère trimant dans le petit jardin ; il y a ce travail où elle n'a plus envie de se rendre ; il y a son appartement aux murs si blancs et au lit vide ; il y a ces dossiers au pied de la table qu'elle n'a pas envie d'ouvrir, le week-end qui touche à sa fin et qu'elle n'a pas envie de refermer. Il y a ce dessinateur qui n'a pas envie de la dessiner.

Alors, Jo se lève et s'approche de lui, lui tape sur l'épaule, et lui demande :

— Pourquoi pas moi ?

— Pardon ? lui répond-il sans lever les yeux de son dessin.

— Pourquoi est-ce que vous ne me dessinez jamais, moi ?

Le dessinateur interrompt son travail et enlève ses lunettes. Il plonge son regard dans celui de Jo et prononce deux phrases horribles de simplicité, à la vérité implacable.

— Je ne vous dessine pas parce que vous avez l'air triste. Et qu'on ne peut maquiller la tristesse.

16

Je me gare tout près de chez Marvin. Quatre murs et un toit branlant. Tout dans le bâtiment sent la négligence : la façade craquelée, le jardin recouvert de mauvaises herbes, la plante desséchée devant une porte sans serrure, l'unique fenêtre visible au carreau brisé, calfeutrée par d'impressionnantes quantités de scotch. Je vois un garage dont la porte, à moitié ouverte, est située à quelques mètres de la bâtisse, juste à côté de tuyaux et de câbles en cuivre, d'outils rouillés et de pneus de tailles diverses, entassés les uns sur les autres. Je vérifie l'adresse indiquée par le GPS : pas de doute, c'est bien ici. Je demande à ma grand-mère de m'attendre dans la voiture, puis j'en sors pour toquer chez Marvin. Un chien aboie dans la maison, la porte grince en s'ouvrant tout doucement. Je perçois un bout de tête me détaillant depuis l'entrebâillement.

— Vous êtes bien Marvin ? Je m'appelle Mathieu, je viens de la part de Seb. Il a dû vous prévenir que je viendrai vous rendre visite.

Marvin ne dit rien. Il a les yeux rouges et injectés de sang, fixés sur moi. La porte est suffisamment ouverte pour que je constate que l'entrée est encombrée de journaux et d'objets éparpillés.

— Je viens pour la voiture. La Clio rouge, poursuis-je en la montrant du doigt.

Marvin regarde la voiture, puis repère Adèle assise à l'intérieur. Il doit penser que le plan est foireux car il tente de refermer la porte, mais je cale mon pied dans l'interstice.

— Écoutez, je suis réglo, OK ? J'ai juste besoin de faire disparaître cette caisse, et je vous laisse tranquille.

Je montre les billets que j'avais retirés avant d'emmener Adèle. La vue de l'argent fait son effet. Marvin ouvre la porte et m'invite à entrer d'un signe de tête. L'intérieur sent le renfermé, des vêtements sales sont amassés dans un coin du salon, juste à côté d'une pile impressionnante de livres, de disques et de magazines. Les volets sont fermés, et seules la télévision et la petite fenêtre située au-dessus de la porte diffusent un semblant de lumière. Marvin appuie sur un interrupteur, une lampe grésille avant d'éclairer faiblement la pièce.

Aux murs sont accrochées des affiches de concert, des photos en sépia et des cartes postales de destinations que je ne reconnais pas. Elles mettent en scène des objets étranges, des véhicules fantaisistes garés dans des endroits magnifiques, un van blanc perdu au milieu de feuillages touffus près d'une grande étendue d'eau.

J'observe cet homme aux traits jeunes et à l'allure fatiguée. Son marcel blanc est trop grand pour son corps maigre, son pantalon baggy tombe jusqu'au milieu de ses fesses et laisse voir son caleçon bariolé. Il a les joues creuses et les mains sales, celles d'un garagiste au travail. Des poils noirs et drus courent sur ses épaules.

— Du coup ? lance Marvin, pressé d'en finir. On est venu parler poésie ou voiture ?

Une fois dehors, je lui montre le véhicule d'un signe de tête. Adèle, toujours à l'intérieur, commence à s'impatienter, mais j'ai préféré la laisser dedans, si d'aventure ma première rencontre avec Marvin ne se passait pas comme prévu.

— J'ai besoin de faire disparaître ça. Pas la grand-mère hein, juste la caisse.

Je tente de détendre l'atmosphère pour masquer ma panique, plus que pour dérider mon interlocuteur. Marvin ne réagit pas et s'approche de la voiture. Adèle prend peur mais je lui fais un signe de la main pour lui signifier qu'elle est en sécurité. Marvin fait le tour du véhicule, donne des coups de pieds dans les pneus, jette un coup d'œil au pot d'échappement, tout en marmonnant dans sa barbe. Une fois l'inspection terminée, il me demande :

— T'as apporté tout ce qu'il faut ?

Je hoche la tête.

— Je vais devoir compter tout ça, j'espère pour toi que tu m'as pas embrouillé.

— Tu peux me faire confiance.

Je le rassure en sortant la liasse de billets de mon portefeuille. Marvin les inspecte un à un, lentement. Ses doigts couverts de cambouis laissent des traces sur le papier. Il s'en moque. Les billets font un bruissement discret, et je les compte en même temps que lui.

— Sors ta grand-mère et me dis pas pourquoi tu l'as amenée, c'est pas mon problème. Rapproche un peu la voiture, et vide tout ce qu'il y a dedans.

Je sais qu'il s'agit là du point de bascule, et qu'une opération simple pour un homme comme Marvin pourrait se compliquer avec ce que je m'apprête à lui demander.

— T'as une solution de repli ou pas ?

Mon interlocuteur a un mouvement de recul.

— Une solution de repli ? De quoi tu me parles ? demande-t-il d'un air méfiant.

Je me rapproche pour lui montrer que je n'ai pas peur.

— Une caisse qu'on pourrait emprunter temporairement. J'ai pris un peu plus de fric pour ça.

— J'ai l'air d'un putain de concessionnaire ou quoi ? Je fais disparaître les voitures, moi, c'est tout. Comment tu te déplaces après, c'est plus mon problème.

J'encaisse la réponse cinglante de Marvin. Plongeant la main dans mon portefeuille, je sors des billets et les tends à Marvin sans rien dire de plus.

— Mec, je viens de te dire que je pouvais pas t'aider, t'es sourd ?

— Rien à voir avec une voiture.

— Alors pourquoi tu me files ça en plus ?

Je sors trois autres billets de cinquante euros, pour être certain que cela suffise et les fourre de force dans la main de Marvin, dans un geste dont je ne me serais jamais senti capable une semaine plus tôt. Les choses avaient bien changé depuis, et ni moi, ni mon attitude, n'avaient quoi que ce soit à voir avec le jeune homme timide qui s'attachait à ne jamais faire de vagues.

— J'ai besoin que tu gardes ma grand-mère pendant une ou deux heures, le temps que je trouve une nouvelle voiture.

— T'es sérieux là ?

— Je ne serai pas long. Promis.

17

Je referme le portail et m'engage dans un dédale de rues qui me semblent toutes identiques. J'erre dans les artères du quartier, essayant de repérer les voitures assez confortables pour nous accueillir, ma grand-mère et moi. Je n'ai jamais été l'ombre d'un gangster et, à vrai dire, je n'ai pas le souvenir d'avoir fait quoi que ce soit d'illégal. Gamin, j'avais bien mis des pétards dans des boîtes aux lettres, sonné à la porte de voisins avant de partir me cacher en courant, mais je doute que cela puisse être considéré comme du grand banditisme.

Et après quoi ? Je n'ai pas réfléchi à la suite du plan. J'espérais que l'endroit où j'emmenais ma grand-mère lui rappellerait des souvenirs heureux, je voulais qu'elle redevienne une petite fille juste pour quelques minutes, qu'elle quitte son enveloppe corporelle fragile et retrouve un peu de vigueur. Mais tout devient compliqué : bientôt je devrai renouveler ses médicaments, trouver de l'insuline et des bandelettes pour mesurer son diabète. Je devrai acheter des protections aussi, ne pas faire de voyages trop longs, réduire les distances, allonger nos périodes de repos. Il faut que j'accepte qu'elle ne parle plus beaucoup, que ses rides se creusent chaque minute un peu plus, que ses bras s'amaigrissent et qu'elle me regarde sans me comprendre.

Je repère une voiture grise, ringarde mais luxueuse. Elle est longue et dispose d'une grande plage arrière, pratique pour dormir. Un peu tape-à-l'œil, mais je n'ai pas le temps de faire le difficile. Je m'approche, regarde de droite à gauche, personne. Les barres d'immeubles qui m'entourent sont endormies, des gosses jouent au foot dans un parc, mais ils sont trop absorbés par leur partie pour remarquer quoi que ce soit. Du linge pend à un balcon minuscule, aménagé avec deux tabourets et une petite table ronde. De la musique s'échappe de la fenêtre entrouverte : elle se déverse dans la rue et couvre mes bruits de pas.

Je tire la poignée de la portière.

Un homme claque la porte de son appartement.

Je fais le tour de la voiture.

Il cherche ses clés dans sa poche, elles cliquettent.

Aucune portière n'est ouverte, merde !

La clé s'enfonce dans la serrure, ferme le verrou.

Je sors un canif de ma poche.

L'homme commence à descendre l'escalier.

J'enfonce la lame dans l'interstice de la porte, la tourne, rien ne se passe.

Il ajuste la veste en cuir qu'il porte sur ses épaules.

Fait chier ! Mais pour qui tu te prends, hein ? Tu croyais vraiment que t'allais pouvoir braquer une voiture aussi facilement ? On n'est pas dans un film, reprends-toi.

Il cherche la clé de sa caisse, la touche du bout des doigts.

Je tente de briser la vitre côté conducteur avec mon coude, une fois, deux fois.

La porte de l'immeuble s'ouvre.

Trois fois, rien ne se passe.

La porte claque, il descend l'escalier et se dirige vers sa voiture.

Il se passe quelque chose au quatrième coup de coude. J'ignore la douleur.

L'air est frais, l'homme met les mains dans ses poches.

Un craquement, la vitre commence à céder.

L'homme accélère le pas. Il est à trente mètres.

Septième coup.

Dix.

Nouveau craquement.

Je sens un poing s'écraser contre ma joue.

18

Les nuages, Adèle. Tu te rappelles des nuages ? Je me souviens de la première fois qu'on les avait vus, je veux dire, vraiment approchés. On les a même traversés, et j'ai senti qu'ils nous ont un peu bousculés. Je les comprends : moi non plus, je n'aurais pas aimé qu'un avion nous fonce dessus. Déjà que l'on se méfie de Mme Tamberg… Il avait voulu que l'on vive ça au moins une fois dans notre vie, c'est ce qu'a dit Mathieu quand il nous a montré le billet. Que l'on décolle et que l'on vole. Mais ce dont je me souviens surtout, c'est de la main de Mathieu. Quand il y avait des turbulences, elle serrait la nôtre si fort qu'elle nous faisait presque mal. Elle nous réconfortait, et on avait l'impression d'être en sécurité. Comment est-ce que la main d'un homme qui nous a serrés aussi fort pourrait-elle nous trahir ? J'ai envie de le suivre, parce que si on ne lui fait pas confiance, qu'est-ce qu'il nous reste ? Je te le demande, Adèle : qu'est-ce qu'il nous reste ?

Adèle tire une nouvelle fois sur le joint et manque de s'étouffer. Marvin ne l'avait pas beaucoup chargé, mais tout de même, cette mamie n'y va pas de main morte.

Elle s'était d'abord inquiétée à l'idée d'entrer seule chez un inconnu, avant de se laisser convaincre. Mathieu lui avait promis qu'il serait vite de retour, qu'il allait juste voir un ami à côté et qu'il valait mieux qu'elle se repose en l'attendant ici. Après plusieurs minutes de négociation, Mathieu avait accompagné sa grand-mère jusque dans le salon de Marvin, où il lui avait ménagé une place dans un fauteuil en dégageant une dizaine de livres. Marvin est conscient que l'allure de sa maison n'inspire pas la confiance, mais il ne se résout pas à faire le ménage.

Il se faisait beaucoup d'argent grâce à des affaires douteuses pour toutes sortes de types louches. Il aurait facilement pu s'acheter deux maisons comme la sienne. Déménager impliquerait des cartons, du rangement, de lourdes charges et une myriade de papiers administratifs. Marvin, magouilleur redoutable, était avant tout un fainéant féroce. Et puis, il se sentait bien dans ce foutoir si familier. Toute sa vie se trouvait dans cette maison, ses souvenirs, ses habitudes, son confort et sa réserve de came. Qui allait commencer à prendre un sérieux coup, si Adèle ne se calmait pas. C'était la seule chose qu'il avait trouvée pour l'occuper, après plusieurs minutes d'un silence gênant. La mamie avait accepté immédiatement sa proposition : arrivé à un âge avancé, on ne se refusait rien, on vivait chaque chose avec intensité, et surtout, on ne tournait pas le dos à une nouvelle expérience. C'était ainsi que Marvin l'avait interprété.

La fumée s'échappe dans l'air étouffant du salon. Adèle ferme les yeux et s'envole.

Ses chaussures sont classes, elle n'aurait pas pu trouver mieux. Du cuir prélevé sur le plus cruel des crocodiles, lui avait dit le vendeur, un matériau robuste et brillant, qui inspire le respect tout en restant élégant. Exactement ce qu'Adèle cherchait. En posant ses deux pieds sur le bureau, le dos calé contre le dossier de sa chaise, elle se sent puissante, fière, affiche l'arrogance du patron toisant ses sujets. Elle réajuste le chapeau noir qui dissimule le sommet de son crâne puis plonge son regard dans celui de sa victime.

— Tu as trahi la famille, Ricardo. Tu sais ce qu'on fait à ceux qui trahissent la famille ?

Le Ricardo en question est nu comme un ver, le torse sanglant. Ses yeux sont révulsés et il tente d'articuler quelque chose, en vain.

— Daniel, enlève-lui donc le tissu qu'il a dans la bouche. Nous ne sommes pas des monstres.

Putain ! La vieille fait un truc bizarre, là. Elle rigole toute seule et dit des trucs incompréhensibles. Elle est partie, cette fois. Paniqué, Marvin la secoue mais elle ne se réveille pas.

— Je t'aimais bien Ricardo, tu sais. Vraiment, t'étais un bon soldat. Lève-toi un peu pour voir.

Ricardo, agenouillé jusqu'à présent, se redresse sous l'œil vigilant des deux gardes.

— Hum, tourne-toi maintenant s'il te plaît.

Adèle reluque son postérieur en s'y attardant plus que nécessaire.

— Décidément, Ricardo, tu étais l'un de mes favoris.

Elle claque des doigts et intime à ses deux colosses de s'en occuper. Ricardo se remet à hurler, se débat, avant de disparaître derrière la lourde porte du bureau d'Adèle, ses cris désormais étouffés par une vingtaine de centimètres de fer forgé. Elle s'autorise à souffler un peu, ignore son portable qui n'arrête pas de sonner. Elle se lève et regarde par la fenêtre, les deux bras dans le dos. Alors que Mexico se dévoile dans toute sa splendeur et sa décadence, on frappe à la porte.

Voilà qu'elle parle en espagnol ou en italien maintenant, avec un accent tout droit sorti d'un film de gangster des années quatre-vingt-dix. Elle est perdue dans un monde parallèle. Marvin fonce vers la cuisine.

— Je suis fatiguée, Aretha, je n'en peux plus de tout ça, dit Adèle d'un air las, en balayant la salle d'un revers de main.

Elles sont assises à une minuscule table ronde tout près du bar d'Adèle. Le sol en verre permet d'observer ce qui se passe sous leurs pieds, où trente-deux personnes masquées et en blouse blanche découpent, pèsent, emballent, déposent, scellent et expédient des petits paquets contenant une poudre blanche. Mille deux cents par jour en moyenne. Ces grammes constituent l'empire d'Adèle, la reine du cartel le plus respecté du continent. Elle dépose son verre sur la table et examine Aretha. Celle-ci a les courbes aussi généreuses que ses yeux sont doux, baignés d'une affection sincère.

— Je crois que je vais tout arrêter et laisser les rênes à Daniel. Il est un peu empoté, mais je ne vois pas en qui je pourrais avoir confiance. À part toi, bien sûr.

Aretha acquiesce sans rien dire. C'est exactement ce qu'il faut à Adèle : quelqu'un qui comprend sans juger, qui ne propose rien et respecte ses décisions.

— Allez, va donc te préparer, je m'en voudrais de te mettre en retard.

Marvin revient dans le salon et trouve Adèle allongée sur le sol, les deux bras en position horizontale. Il s'apprête à lui verser la carafe sur le visage, mais s'interrompt au moment où elle se met à fredonner une chanson qu'il ne parvient pas à reconnaître. « *I ain't no psychiatrist, I ain't no doctor with degrees. But it don't take too much high IQ to see what you're doing to me !* » Tous ces hommes qui veulent prendre sa place, s'asseoir sur le trône. Qu'ils aillent se faire foutre, dis-leur Aretha, dis-leur qu'on ne va nulle part. Chante ! « *Think about what you're trying to do to me !* » Tous ces minables à sa botte, ces larves qui la servent, ces couilles molles incapables de prendre une décision. « *Give me some freedom, oh, freedom, (freedom), freedom, (freedom) right now !* » Ces conspirateurs qui veulent la trahir, lui sourient et la plantent dans le dos la seconde d'après, elle les voit, elle entend leurs murmures quand elle passe près d'eux, elle voit leurs yeux de fourbes et a envie de les arracher. Elle veut les détruire un par un, parce qu'on ne règne pas sur un empire comme le sien sans sacrifier quelques personnes en chemin. « *I was gonna change, but I'm not.* »

Tous ces kilos de came qui s'écoulent sous sa supervision, ces personnes qui travaillent pour elle, sous son emprise, tous ces gens qui veulent qu'elle change, qu'elle soit plus conciliante, moins extrême. Elle les emmerde ! Adèle repère de l'agitation sur sa gauche, un homme chauve, qu'elle ne se rappelle pas avoir déjà vu, porte la main à sa ceinture. Elle dégaine son flingue et fait feu sur ce type, qui se couche sous sa table, la vise, tire, recharge, et se…

C'en est assez, décide Marvin, et il jette de l'eau sur le visage d'Adèle. Elle se réveille immédiatement, un peu sonnée et voit Marvin au-dessus d'elle, une carafe vide à la main sans comprendre ce qui lui arrive, ni pourquoi elle est trempée. Elle l'interroge des yeux et lui tend la main pour qu'il l'aide à se relever. L'esprit encore embrumé, Adèle n'a pas la force de lui demander des explications.

— Apportez-moi une serviette, que je me sèche un peu, exige-t-elle.

Marvin s'exécute, et l'aide à s'asseoir sur le canapé. Elle prend le temps de remettre ses idées en place. Elle ressent un bien-être et une légèreté qui se diffusent de son cerveau jusqu'à ses membres. Dans un cendrier posé sur la table à côté du canapé, Adèle repère un joint cramoisi, et sent son odeur. Portant la main à son cœur et expirant généreusement, elle s'installe plus confortablement pour reprendre des forces et se met à pouffer, d'abord timidement puis plus franchement.

— C'était quelque chose, votre truc ! dit Adèle entre deux éclats de rire. Vous en auriez pas encore par hasard ?

19

Anna rassemble des papiers et les classe en deux tas sur le bureau, pour qu'il soit présentable quand sa collègue prendra son service après elle. Elle range les crayons de couleur et les feutres dans un tiroir, remet la chaise en place et, alors qu'elle s'apprête à éteindre les lumières, ses yeux se posent sur le compte-rendu de la dernière réunion de service, punaisé sur la porte. Une réunion trop longue et difficile pour qu'elle s'en souvienne. Elle se rappelle surtout avoir été attentive à la manière de s'exprimer de la directrice. D'avoir vaguement lu son PowerPoint sans illustration, mais avec des points en fin de chaque phrase. Chaque affirmation ne souffrirait aucune contestation. Un monologue plus qu'autre chose. « Prenez de la distance. Ils sont fragiles et vous n'êtes pas assez fortes. » Son ton était sec. Mais comment pouvait-elle le savoir ? Elle passait sa journée enfermée dans son bureau, et quand elle en sortait, elle se tenait le plus loin possible des pensionnaires, comme si leur vieillesse risquait de l'infecter.

Elle a des lunettes et un menton carré, une veste de costume qui lui fait des épaules droites. Dans son bureau, rien ne dépasse. Tout est rectiligne chez elle, à l'inverse de ce dont ils ont besoin ici : de la rondeur et de la fantaisie, du chaos et des couleurs, du bruit et de la lumière qui fait peur aux ombres. Elle en a déjà viré une, d'aide-soignante. Laura, parce qu'elle prenait trop soin de ses petits vieux, leur faisait des massages quand ils avaient mal au dos, marchait avec eux en dehors de leur seule promenade quotidienne autorisée. Licenciée parce que trop humaine.

« Ces gens-là sont des patients, des malades, Laura, vous saisissez la différence ? L'affection, c'est pour les familles, les larmes, c'est pour eux aussi, l'inquiétude, les regrets, l'espoir qui ne mène à rien, encore pour eux. Vous, vous avez les couches, les compotes, les soupes à réchauffer, les médicaments à faire avaler, les dentiers à accrocher, les tables à installer, les assiettes à nettoyer et la paie minable à encaisser. Ça, c'est votre job, Laura, et je n'ai rien contre vous, mais je vais vous transférer ailleurs, là où ils auront moins besoin de vous et vous d'eux, parce qu'on mène des études ici, on hiérarchise la dépendance, c'est comme ça qu'on les place nos petits vieux. C'est pour ça qu'on ne veut pas que Mme Lossage soit dans la même unité que son mari, même si ça éclairerait ses journées. Ils sont malades, mais pas au même niveau. La frontière est très mince, mais elle existe quand même… Pardon ? Non, vous ne pouvez pas leur dire au revoir ! Voilà, c'est exactement ce que je vous reproche : leur dire au revoir, c'est être attentionnée. Ils n'ont pas besoin de ça, ils ont juste besoin que vous soyez là pour leur torcher le cul, en fait, excusez-moi si je suis crue, mais je veux que vous saisissiez la différence. C'est très important. »

Anna pense à tout ça. Elle ne peut se permettre de perdre ce travail. Le chômage serait un naufrage pour elle et sa famille, et ils n'ont jamais été de grands nageurs. Alors, elle s'est mise à détourner le regard quand les résidents l'interpellent, refuse un petit verre de rosé supplémentaire, ou un demi-verre, allez, c'est pas grand-chose quand même. Elle les amène aux toilettes mais sans plaisanterie, n'embrasse plus Adèle sur la joue le soir, même si elle sait qu'elle aime et qu'elle a besoin de ça.

Anna referme la porte du bureau et éteint les lumières. Elle jette un coup d'œil dans la salle commune vide, va saluer ses collègues qui assureront le service jusqu'au petit matin, replace son sac à main sur l'épaule et s'apprête à sortir de l'unité. Après avoir tapé machinalement le code pour ouvrir la porte, elle pousse les lourds battants et manque alors de percuter quelqu'un. Anna lâche un cri de surprise, nez à nez avec une femme qui dégage une autorité naturelle. Jo profite du temps de confusion de l'aide-soignante pour lire le prénom inscrit sur son badge.

— Anna, c'est bien ça ? dit Jo en lui souriant pour la mettre en confiance. Jo, service des personnes disparues. Je peux vous poser deux-trois questions ?

Elle sort un carnet, un stylo, et attend que la langue d'Anna se délie.

20

C'était soirée dansante ce soir-là. Enfin, « soirée » était un bien grand mot : elle commençait à 17 h 30 et finissait deux heures plus tard. Et « dansante » était plus exagéré encore puisque la plupart des participants allaient rester cloués sur leur chaise. Mais Adèle comptait bien enflammer la piste.

Elle s'était maquillée, avait mis un chemisier propre et un pantalon élégant, l'un de ceux qu'elle se cousait elle-même avec le tissu acheté au petit magasin en bas de chez elle. Certifié Adèle, fabrication artisanale, tu peux remballer ta *Fashion Week*, mon petit. Elle portait son collier avec une nacre, que ses petits-enfants lui avaient offert à Noël. C'était Magalie, l'aide-soignante discrète, qui lui avait conseillé de mettre ça, car Adèle ne se souvenait plus qu'elle avait eu ce pendentif. Bref, ce soir-là, c'était fête. Adèle voulait entraîner tout le monde dans son sillage : c'était moins amusant de danser seule.

Elle avait parcouru les huit mètres qui séparaient la porte de son unité de là où étaient installées les chaises en arc de cercle autour d'un piano, la batterie et deux grosses enceintes noires, trois tables avec des petits fours et des verres en plastique pleins de faux champagne. Elle n'avait parcouru que huit mètres mais aurait préféré en faire plus pour aller où il y aurait de vrais musiciens, faisant vibrer des verres contenant du vrai champagne, moins de danseurs éclopés et plus de valses enivrantes. C'était comme ça.

« C'est comme ça », une phrase qu'elle se disait trop, pensa-t-elle. Une formule à la fois fataliste et optimiste. Trois mots pour se contenter de ce qu'on a. Elle était là parce que « c'était comme ça ». Elle existait plus qu'elle ne vivait. Même si personne, jamais, ne lui avait demandé son avis, elle était à la place qu'on lui avait attribuée, autour d'une table qu'elle n'avait jamais choisie et dont le bois était laid et usé. Elle leur avait dit mille fois et le répéterait jusqu'à ce qu'ils comprennent.

Pas de place pour la déprime : elle s'était frotté les mains moites sur les cuisses car elle venait d'apercevoir M. Mora, là-bas, qui ne l'avait pas encore vue. Il n'était pas grand mais semblait l'être un peu plus chaque fois qu'elle le croisait. Il avait des cheveux clairsemés mais joliment disposés autour de son visage, qu'il avait doux, d'ailleurs, comme ses yeux marron clair, à la fois rieurs et un peu tristes. Son nez pointu et ses oreilles décollées ajoutaient à son charme bancal. Adèle avait toujours préféré ceux qui penchaient. Elle préférait le vertige et le vide : la terre, elle la connaissait bien, et elle avait tout fait pour, mais elle n'avait jamais réussi à marcher sur les nuages.

M. Mora avait choisi sa veste de costume noire et sa chemise bleue. Ça lui allait bien, très bien même, et elle l'avait soupçonné d'en avoir conscience, sa démarche étant plus assurée que d'habitude : il ne s'appuyait sur sa canne que tous les trois pas.

Adèle passa près de M. Thomas en chaise roulante. Il était, comme toujours, devant sa petite assiette blanche, une poivrière juste à côté de lui. Il avait versé une certaine quantité de son contenu et dessinait du bout des doigts une forme géométrique, différente chaque jour. Mais la dernière fois, cet abruti avait dessiné une croix gammée et, depuis, Adèle refusait de lui parler. Elle s'était surprise à espérer que M. Mora ne fasse pas partie de ceux qui ne se rendaient plus compte de ce qu'ils faisaient, s'oubliant et ne se cherchant même plus.

Mais M. Mora s'était fait beau. Pour elle ? Peut-être. Non qu'elle espérât en faire son amant. « Des années que j'ai perdu le mode d'emploi de ces choses-là ! », se plaisait-elle à répéter. Son petit-fils devait la rejoindre une trentaine de minutes plus tard, mais en comptant son retard, elle avait encore le temps de fricoter avec M. Mora. Ensuite, elle resterait avec Mathieu et essayerait de faire danser ce grand empoté. Si elle y arrivait, ne serait-ce qu'une dizaine de pas sur la piste – de vrais mouvements de danse, pas de ridicules secousses d'épaules –, alors la soirée serait réussie.

Adèle s'était avancée vers M. Mora et lui avait touché le bras pour lui signaler sa présence. Il s'était tourné vers elle, la bouche pleine de petits fours. Elle lui avait souri, et la musique avait commencé. Comme dans ces comédies romantiques où tout arrive par hasard mais pile au bon moment, s'était dit Adèle.

— Vous venez ? lui avait-elle demandé timidement.

M. Mora, gêné, avait déjà repéré cette femme qui lui faisait les yeux doux. Il était peut-être un peu usé mais loin d'être aveugle, et même s'il n'avait connu qu'une seule femme dans sa vie, il savait encore comment se passaient ces choses-là. Un regard, des paroles, des rires, puis parfois un corps. Il avait frissonné en sentant la main d'Adèle près de la sienne. Il avait eu un peu peur, aussi : cela faisait si longtemps qu'on ne l'avait pas effleuré. Mais elle l'attendait, et il ne voulait pas la décevoir : il avait tardé à répondre et lisait déjà la déception dans son regard. Une danse, et après on verra, avait décidé M. Mora.

Il l'avait prise par la main et emmenée sur la piste, où ils étaient les premiers. Ils s'étaient mis en mouvement, maladroitement d'abord, puis leurs bras étaient devenus plus fermes, leurs pas plus précis. Adèle virevoltait, sautillait, tournait, et retombait dans ses bras. Lui l'entourait, vacillait et retombait sur ses pas.

Du moins, c'est ce qu'ils avaient l'impression de faire. Leurs corps rajeunissaient, leurs rires retentissaient. Si l'on avait demandé à ceux qui étaient restés sur le côté, ils auraient dit qu'ils ne bougeaient presque pas, qu'ils s'accrochaient l'un à l'autre, et que ça leur suffisait.

Adèle dansait.

21

C'est l'odeur qui m'a marqué. Celle d'un homme seul, qui ne peut compter sur personne pour lui dire d'ouvrir les fenêtres. Le bazar, aussi. Un sol jonché de piles de livres, de magazines à moitié ouverts, les uns sur les autres. Des CD au boîtier éventré et des vinyles, partout, sur les étagères, la télé, le canapé et sur les rebords de fenêtres. La musique, enfin. Un son continu, latent, la bande-son d'une vie qui s'écoule en rythme. J'en étouffe presque.

Du bruit dans la cuisine, une assiette qu'on lave puis qu'on pose, des couverts qui s'entrechoquent et se rangent dans le tiroir. Des bruits de pas, lents, des talons de chaussures claquent le sol et se dirigent vers moi.

— T'es réveillé, ça y est ?

L'homme s'essuie les mains avec un torchon. Longtemps, il me dévisage. Il a retiré son blouson en cuir et ne porte qu'un t-shirt noir laissant voir ses muscles se contractant tandis que le torchon passe d'une main à l'autre.

— Franchement, t'as eu de la chance. Tu sais pourquoi ?

Je reste silencieux. Mon ravisseur devrait pouvoir trouver lui-même la réponse.

— Parce que d'habitude j'hésite pas. Si je vois un enfoiré braquer ma caisse, je le descends direct.

Il quitte mon champ de vision et va fouiller dans l'une des étagères. Il prend un CD qu'il insère dans un lecteur audio et appuie sur lecture. Il se replace devant moi et m'écrase de toute sa hauteur. Je sens un coquard se former sous mon œil droit et mes cheveux sont en bataille, mais j'essaye de garder de la contenance. Mon silence et mon air de chien battu commencent à agacer mon tortionnaire. Il me lance alors un coup de poing dans le ventre, pas très puissant, mais largement suffisant pour me couper le souffle. Je me plie en deux et encaisse la douleur. Je me relève ensuite doucement, et regarde le colosse dans les yeux, le provoquant presque, pour lui signaler qu'il en faudra bien plus pour me faire chanceler.

Une droite juste là, au niveau du coquard. Mon arcade sourcilière explose, le sang gicle et s'étale sur un livre à la couverture blanche. Je ne vois plus rien, je me sens partir. Alors que mon esprit s'égare, je me surprends à me sentir plutôt bien ici, à me faire rudoyer le crâne. Peut-être que ce type m'aidera à y voir plus clair, qu'il me forcera à tout arrêter, cette mascarade, ces erreurs, cette course folle vers quelque chose que je n'arriverai jamais à retrouver.

Je cligne de l'œil pour tenter de chasser le sang qui y coule. Le liquide est chaud, une traînée gluante me chatouille le dessus de la lèvre et se faufile jusqu'à mon menton. Putain, je n'ai pas saigné comme ça depuis… depuis la fois où j'étais tombé de trottinette dans une pente abrupte et avais dévalé deux cents mètres en raclant le goudron. J'étais rentré en larmes et en sang, chez ma grand-mère. Paniquée et ne trouvant rien pour me faire un pansement, elle était allée chercher du scotch de chantier qu'elle avait collé sur ma plaie. Un souvenir qui me ferait presque sourire si ma bouche ne se faisait pas malmener par de nouveaux coups de poing.

Ma grand-mère. Ma grand-mère chez ce Marvin. Toute seule, chez un gars que je ne connais pas et qui traîne dans des combines louches, dans cette maison sale. Seule, fragile et sans moi. Seule et loin de chez elle, des médecins, de la maison de retraite, de ses médicaments, seule et moi ici, en train de me faire éclater le visage.

— Arrête, putain, arrête ! parviens-je à articuler.

Je crache du sang, à bout de souffle.

— Laisse-moi partir s'il te plaît, je sais même pas qui t'es, bordel. Je suis désolé pour ta voiture, j'avais pas le choix !

— Moi non plus je sais pas qui tu es, mon pote, mais la différence c'est que toi, t'étais en train de braquer ma voiture.

Avant de poursuivre, il coupe la musique puis s'agenouille devant moi et m'oblige à le regarder droit dans les yeux avant de m'inviter à m'expliquer d'un geste bref du menton. Derrière lui, je vois des clés posées sur une table.

— Je voulais juste trouver une voiture pour ma grand-mère et moi, je suis un gars sans histoire. Je sais pas où on est.

— Ta grand-mère et toi ? Tu te fous de ma gueule ? C'est quoi cette embrouille ?

Je tente de reprendre mon souffle. J'ai l'impression que ma tête va exploser.

— Je m'appelle Mathieu, OK ? J'ai emmené ma grand-mère en voyage avec moi, notre voiture est tombée en panne et je…

L'homme me coupe immédiatement.

— Putain, attends ! T'es le gars qui a kidnappé sa grand-mère ?

— Kidnappé ? Pas du tout. Je voulais juste… juste l'emmener quelque part, loin de l'endroit où elle vivait. Je voulais qu'elle se souvienne de quelque chose, jamais je lui ferais de mal.

— On parle de toi à la radio et à la télé. T'as défoncé un hippie, non ?

Je relève la tête et essaye d'en savoir plus. Je commence à paniquer : jusque-là, je pensais que notre escapade n'avait pas fait de vagues, qu'on pouvait aller et venir à notre guise sans devoir surveiller nos arrières.

J'imaginais bien que cette histoire avec le hippie allait nous attirer des ennuis supplémentaires, mais de là à faire la une des infos…

— Qu'est-ce que tu veux dire ? La dernière fois que j'ai regardé, il y avait deux lignes dans un pauvre journal local.

— T'es une célébrité ! Enfin, c'est plutôt ta grand-mère qui en est une, j'ai vu deux-trois articles passer. Je n'ai pas tout lu mais ça a l'air d'être un sacré personnage.

Je prends quelques secondes pour digérer ces informations. Ce gars, en face de moi, est passé de tortionnaire à admirateur. C'est à n'y rien comprendre. Je dois rejoindre Adèle, tout de suite, on doit partir loin avant de se faire attraper par les flics, avec leurs sirènes bleues, leurs flingues et leur mégaphone, aller là où nos visages se fondront dans la masse, anonymes pour toujours, cachés tous les deux dans un coin reculé, là où…

— Détache-moi putain ! je m'écrie dans un mélange de rage et de panique en m'agitant sur ma chaise.

L'homme recule, étonné par ce soudain regain de violence. Je me sens habité d'une force animale. Je continue à bouger légèrement les poignets. Les liens sont en train de se détacher. Encore quelques coups de poignets et la corde n'existe presque plus. Le gars se retourne et je distingue alors les muscles de son dos rouler sous son t-shirt. Il semble si puissant qu'il doit se croire intouchable. Mes mains sont libres. À côté de moi, un tournevis, rouillé et en piteux état. L'avantage des gens bordéliques. Mais hors de question de le planter, je me sens incapable d'enfoncer un semblant de lame dans le corps de quelqu'un. Tout se passe très vite. Prenant appui sur mes jambes, je me jette sur l'homme et le fais basculer contre la table, où son visage s'écrase. Sonné, il prend appui sur celle-ci et essaye de se retourner. J'en profite pour attraper les clés.

Tandis que l'homme grogne et que ses mouvements gagnent en vigueur, je me précipite vers la porte qu'il n'a pas verrouillée, et je dévale des escaliers en colimaçon. J'entends le type jurer au-dessus de moi. Alors je cours plus vite que mes jambes me le permettent, pousse une lourde porte et me retrouve à l'air libre. Je dois retrouver Adèle, partir loin, ne plus regarder en arrière. La voiture que j'avais tenté de braquer est toujours là. Toujours grise, toujours trop grande, toujours voyante.

22

Après être tombée nez à nez avec Jo en sortant de la maison de retraite, Anna l'a emmenée dans une salle de pause afin de discuter sans craindre d'être interrompues. L'aide-soignante lui a tout déballé : n'importe qui aurait fait pareil, s'était-elle convaincue pour se dédouaner. Anna avait beau apprécier Adèle, elle n'aurait sacrifié ni sa famille ni son travail pour elle. Et puis, elle était impressionnante, intimidante même, cette flic, avec son badge et son air sévère.

Alors elle dit tout. Elle raconta à Jo que trois semaines avant leur départ, Mathieu faisait des grands gestes au milieu de la salle commune. Anna n'arrivait pas à comprendre ce qu'il essayait de mimer. Ce jeune homme-là doit être doué pour bien des choses, mais on peut être certain qu'il n'est pas acteur, avait-elle songé. Il avait formé une sorte de rond avec ses deux bras, juste en face de son ventre. Avec l'une de ses mains, il faisait mine d'attraper un objet sur une table, le serrait dans son poing, puis le remuait dans le vide. Adèle, sans doute rompue aux gestes de son petit-fils, s'était esclaffée et écriée « Paella ! ». Leur jeu continuait. Mathieu se mit à mimer autre chose : un marteau-piqueur, pensa Anna, certaine de ne pas se tromper. « Une poule ? » avait demandé Adèle. Tout sourire, il l'avait félicitée une nouvelle fois. Mathieu n'avait rien d'un comédien, mais sa grand-mère le comprenait, et c'était tout ce qui comptait.

Ils avaient une relation particulière, ces deux-là, toute la maison de retraite le savait. Rares étaient les visiteurs que l'on voyait avec autant de régularité. La plupart ne venaient qu'une fois par semaine, jamais longtemps, perdant vite patience. Anna ne les blâmait pas : il fallait avoir l'estomac bien accroché pour venir ici. L'amour ne suffisait pas toujours. C'était même la principale raison pour laquelle on ne voyait pas grand monde. Si l'on aimait quelqu'un, difficile d'accepter qu'il reste dans cet endroit.

Mathieu avait l'air rêveur de ceux dont les pensées ne sont jamais tournées vers l'instant. Avec sa grand-mère, en revanche, sa vivacité, ses cris et ses gestes allaient jusqu'à gêner les autres résidents. Mais Mathieu n'y prêtait pas attention, toute la sienne étant tournée vers elle. Leur rituel était bien huilé : une promenade plus ou moins longue selon la météo et l'état d'Adèle, une dizaine de minutes de jeu et, enfin, la séance photo, qu'Anna observait d'un coin de l'œil. Elle se débrouillait toujours pour laisser des bols sales et une table pleine de miettes afin de ne rien rater du spectacle. Mathieu allait chercher une boîte dans la chambre de sa grand-mère et en éparpillait le contenu sous ses yeux attentifs. Ils passaient alors une heure à naviguer entre les clichés. Mathieu demandait à Adèle de lui décrire ce qu'elle voyait et de mettre un mot sur les images. Elle y parvenait parfois, et tout reprenait alors des couleurs. Elle parlait sans s'arrêter, racontait plusieurs fois la même histoire avec des personnages différents. Elle était devenue une romancière. Elle réinventait, modelait son récit pour le faire correspondre à ce que sa mémoire voulait bien lui dire. S'il était difficile de démêler le vrai du faux, il y avait une constante : une ruelle. Ils pouvaient passer vingt minutes à fixer un cliché de cette petite rue, à pointer du doigt une porte ou une fenêtre. Tout juste s'ils ne voyaient pas une main noueuse, ridée, se poser sur la poignée, ou un enfant regarder par la vitre les pavés en contrebas.

Anna leur avait demandé où se trouvait cette ruelle colorée, précisant qu'elle aimerait s'y rendre et effleurer ses murs. Adèle s'était retournée doucement vers elle pour la dévisager. Ses yeux vitreux étaient bordés de larmes, jura Anna, et avaient laissé place à un début de colère ou de panique, difficile à dire.

La question d'Anna avait permis à Adèle de se rendre compte que la ruelle n'existait pas que pour elle ou son petit-fils, sa mère ou son mari, qu'elle n'était pas qu'un secret. Elle avait été piétinée par des milliers de chaussures inconnues. Malgré ses tentatives pour la figer dans le temps et sur les photos, elle continuait d'exister, presque intacte, tandis qu'Adèle était là, dans cette pièce.

Jo fait cliqueter son stylo, ramène une mèche de cheveux derrière son oreille et griffonne des notes sur sa feuille.

— J'ai besoin d'encore une dizaine de minutes, pas plus, promet Jo.

Une fois certaine d'avoir toute l'attention d'Anna, qu'elle sent impatiente de finir, elle continue à poser des questions.

— Plusieurs personnes m'ont dit que vous êtes celle dont Adèle est le plus proche.

— J'imagine qu'on peut dire ça, oui. Mais vous savez, ici, on essaye de ne pas s'attacher aux résidents.

— Pourquoi ça ?

— Parce qu'ils finissent tous par partir, répond Anna froidement.

Jo encaisse.

— Vous conviendrez que ce qui s'est passé avec Adèle est différent. C'est plutôt Mathieu qui m'intéresse, en fait. Comment le décririez-vous ?

— Tout le monde l'apprécie ici, que ce soit nous, les aides-soignantes, ou les résidents. Pour être honnête, ça ne m'étonne pas plus que ça qu'il ait emmené sa grand-mère. Ce petit l'aime plus que tout au monde, ça crève les yeux.

— C'est pas un peu extrême de kidnapper quelqu'un, même par amour ? demande Jo, flairant un début de piste.

Anna se replace sur sa chaise, se penche en avant et répond du tac au tac :

— Regardez autour de vous. Ou plutôt imaginez. Imaginez ce que c'est que de vivre ici et de ne jamais sortir.

Anna comprend au regard de Jo qu'elle est sur une pente glissante. Elle n'a pourtant pas envie de s'arrêter. Les deux mains jointes et la bouche pincée, la flic cesse de prendre des notes et la fixe comme pour la sonder. Elle l'écrase d'autorité, mais Anna se sent en confiance, décelant, derrière sa froideur de façade, une forme de sensibilité.

— Demandez-vous si vous voudriez passer ne serait-ce que vingt-quatre heures ici. Jetez un coup d'œil aux murs, aux portes. Regardez les poignées défoncées, marchez, passez la main sur la rambarde collante qui fait le tour de la pièce. Buvez dans ces gobelets en plastique, là, regardez le menu de la semaine, soupe, pâtes, soupe, steak haché, soupe, poisson pané. Feuilletez les magazines, asseyez-vous et regardez dehors cinq minutes. Un parking et du béton : la vue est superbe.

Jo est sonnée par le ton implacable d'Anna. Ses mots lui font étrangement penser à son père et à sa mère : n'ont-ils pas eu de la chance de ne pas finir leurs jours dans un endroit comme celui-ci ? Anna se tait, attendant la réaction de Jo. « Vous êtes désormais placée sur la liste des suspects, madame. On va prendre vos empreintes. Vous avez droit à un avocat. Ce que vous avez fait est de la non-assistance à personne en danger ; on ne laisse pas une grand-mère filer sans réagir, c'est la loi et vous allez payer. » Anna attend tout ça mais Jo tarde à réagir, se contentant de la fixer. Par précaution, Anna précise :

— Je sais ce que vous vous dites : vous pensez que je les ai aidés à s'enfuir. C'est faux. Mathieu a agi quand j'avais le dos tourné et je ne l'ai jamais entendu évoquer tout ça avec Adèle.

— Et je devrais vous croire sur parole ? répond Jo, que la mention de Mathieu semble sortir de sa torpeur.

— Adèle est malade, et même si elle est encore capable de marcher et de vous attendrir avec deux expressions bien senties, elle n'a rien à faire sur la route. Elle a besoin d'aide, d'un suivi médical, de quelqu'un pour calmer ses crises et d'un médecin pour surveiller son diabète. Je ne l'aurais jamais laissée partir. Ce qu'a fait Mathieu est dangereux et inconscient. Je comprends, mais ça ne veut pas dire que j'approuve.

— Reste que j'ai du mal à croire que vous n'ayez aucune idée d'où ils auraient pu aller. Réfléchissez bien et ne me cachez rien, on gagnera du temps, répond Jo sur un ton menaçant.

Consciente que mille mots ne suffiront pas à convaincre Jo, Anna se lève de sa chaise.

— Suivez-moi, annonce Anna pour couper court à toute tentative d'intimidation.

Elles s'engagent dans le couloir menant à la chambre d'Adèle. Anna sort une clé de sa poche. Une fois entrées, elles sont assaillies par une odeur de renfermé et de fleurs séchées. Le lit n'a pas été fait, et un bouquet de pivoines fanées trône sur la commode. Jo remarque que quatre photos occupent la totalité des murs : trois portraits de gamins tout sourire et une autre en sépia d'un homme avec un béret, immense dans une ruelle étroite. Une paire de lunettes de soleil est posée sur le bureau, tout près d'un jeu de cartes et de trois carnets à la couverture de couleur différente. Un livre, dont le titre laisse deviner une histoire à l'eau de rose, est posé sur la table de chevet, à côté d'un poste de radio gris clair. Voilà donc à quoi se résume une vie lorsqu'il n'en reste que des miettes, pense Jo. Une dizaine de mètres carrés et rien d'autre : trop petit pour s'évader.

Anna ouvre le placard, écarte des robes, et sort trois caisses noires.

— Tout est là.

— Qu'est-ce qu'il y a là-dedans ?

— Toute la vie d'Adèle. Où elle a laissé son cœur et ses plus belles années, répond Anna en soulevant le couvercle d'une des boîtes.

23

Adèle n'aurait manqué pour rien au monde la sortie cinéma. Cette fois, elle s'était préparée à l'avance, car tout le monde l'avait attendue le mois dernier. Elle tenait à être présentable : lavée, coiffée, apprêtée, parfumée. Elle attendait maintenant qu'une des aides-soignantes vînt sonner le départ. En plus, elle avait entendu dire que Jonathan, le jeune homme aux longs cheveux blonds, aux yeux verts et au sourire de star de cinéma, les accompagnerait. De circonstance, donc. Elle l'aimait bien celui-là, et adorait voir ses joues rougir quand elle le draguait un peu. Il ne savait plus où se mettre, et finissait en général par partir pour rejoindre une autre mamie moins espiègle.

Adèle fouilla dans son tiroir pour en sortir une paire de lunettes, la bonne, cette fois. Lors de la sortie précédente, elle avait pris par mégarde ses loupes, et non ses verres pour voir de loin, si bien que les personnages avaient tous été déformés. Elle avait mis du temps à s'en rendre compte et avait passé une bonne partie du film à se dire qu'à son époque les gens étaient tout de même mieux foutus, qu'elle allait au cinéma pour voir de la beauté, des corps ciselés, des bras fermes et des jambes athlétiques, et que si elle tenait à observer des corps avachis, des bras mous et des jambes maigrichonnes, elle pouvait rester à la maison de retraite et regarder ses voisins.

Ils allaient en général voir des comédies niaises, comme s'ils n'étaient plus capables de suivre un scénario, de démêler une enquête ou d'apprécier ne serait-ce qu'un peu d'action. Adèle se disait qu'ils n'étaient même pas considérés comme des gosses : les enfants, on les sollicite, on les met parfois en danger pour les faire apprendre. Eux, on les pensait trop fatigués pour être stimulés.

On frappa à la porte. Jonathan entra en souriant et s'avança vers elle.

— Tu entres chez les femmes comme ça, sans attendre qu'elles te disent qu'elles sont prêtes ? lui demanda Adèle, joueuse. Ne me dis rien, tu espérais sûrement me surprendre en petite tenue, je commence à te connaître !

— Toutes mes excuses, Adèle, je recommence, lui répondit-il en reculant.

Jonathan ressortit de la chambre, et toqua de nouveau à la porte.

— Adèle ? C'est Jonathan, je peux entrer ?

— Laisse-moi trente secondes.

Elle prit un livre sur son bureau et le fit retomber, souleva un verre et déplaça un cadre en faisant le plus de bruit possible.

— Entre ! Je suis prête ! annonça enfin Adèle.

Jonathan lui tendit la main, et en souriant, lui dit :

— Vous m'avez manqué depuis le mois dernier, vous savez.

— Avoue-le : tu ne peux plus te passer de moi. J'ai cet effet-là sur les hommes, que veux-tu !

Ils sortirent de la chambre, Adèle fièrement au bras de Jonathan. Ils rejoignirent les autres qui attendaient comme des moutons égarés dans la salle commune. Le berger, sans doute le conducteur du van dans lequel ils allaient monter, leur donnait les instructions habituelles, mais personne n'écoutait. Il parlait de sécurité, rappelait qu'il ne fallait pas s'écarter du groupe et rester ensemble. Adèle se demandait s'il pensait sincèrement que l'un d'entre eux allait taper un sprint jusqu'à la gare ferroviaire la plus proche ou sortir des rollers d'un sac pour partir à l'aventure.

On les fit entrer un par un dans le van, on poussa des fauteuils roulants sur une rampe d'accès, on offrit un appui à ceux et celles qui ne pouvaient pas monter une marche sans manquer de s'effondrer. On leur recommanda de s'installer ici ou là, de bien tenir cette main courante, on leur montra où était la ceinture de sécurité et on leur expliqua surtout comment la mettre.

On essaya de calmer Mme Tamberg, de faire taire Mme Santorio parce qu'elle cassait les pieds à tout le monde, on accompagna Mme Lossage, petite chose délicate craignant de froisser sa chemisette impeccable.

Chaque fois qu'elle montait dans un véhicule, Adèle s'arrangeait pour être près de la fenêtre, comme quand elle était petite, dans la roulotte de son père. Elle avait, à cet instant, l'impression de ne plus être vieille, comme s'ils étaient tous égaux, les jeunes et les vieux, les marathoniens et les culs-de-jatte : assis au même endroit, voyant la même chose. Elle n'écoutait pas Jonathan essayer de les divertir, ni M. Raymond fredonner une chanson. Elle ne sentait pas les coups de Mme Tamberg dans son siège, ne voyait pas l'air triste de M. Richard, ni la photo cornée qu'il tenait dans sa main. Elle restait là, les yeux perdus dans le vide.

À l'entrée du cinéma, on leur distribua une paire de lunettes aux verres teintés. Le film était en 3D, apparemment. Adèle aurait pu s'en réjouir si elle avait su ce que ça voulait dire. Une fois dans la salle, ils s'installèrent tous sur le même rang. Adèle se retrouva entre M. Richard et M. Raymond, pas les plus bavards, mais au moins elle ne risquait pas grand-chose avec eux. Ils se débattaient déjà tous avec les lunettes noires qu'ils devaient poser par-dessus leurs propres verres : ça ne se superposait pas bien. Quelle idée de mettre des lunettes de soleil dans une salle si sombre ! Finalement, avec l'aide de Jonathan, tous parvinrent à les porter correctement juste avant que les lumières ne s'éteignent.

Apparut à l'écran une publicité pour des friandises. Et là, ce fut incroyable. Des bonbons sortaient de l'écran, des verts, des jaunes, des ronds, des rouges, des orange, des troués et des longs. Ils se dirigeaient tout droit vers Adèle qui mettait ses mains devant son visage pour les éviter. Des crocodiles, des cerises juteuses, des réglisses lui fonçaient dessus et l'attaquaient. Adèle se détendit quand elle comprit qu'ils ne lui feraient aucun mal. Elle rit et se laissa ensevelir par ces étranges créatures, en espérant, au fond d'elle, qu'ils pourraient la faire disparaître.

Elle se revit petite, courant dans la ruelle jusqu'au marchand de bonbons à une dizaine de mètres de la maison, avec quelques pièces en poche et un grand sourire aux lèvres. Puis tendre fièrement la monnaie au vendeur, consciente qu'il n'y en avait même pas assez pour s'acheter une moitié de paquet. Elle se souvint de ce monsieur, de ses gros bras poilus et son béret, sa salopette marron et ses chaussures de la même couleur. Elle se souvint de ses yeux à la fois durs et amusés devant cette fillette qui lui faisait, chaque fois, le même cinéma, qu'il réfléchissait et finissait toujours par la laisser repartir avec un petit butin.

Adèle attrapa l'un des bonbons qui fonçaient sur elle et l'avala tout entier. En souvenir du bon vieux temps.

24

Le lendemain de sa rencontre avec Anna, Jo voit la tête de premier de la classe d'un journaliste apparaître à l'écran. Rasé de près, il porte un costume bleu foncé assorti d'une cravate. Ses cheveux bruns et ondulés retombent sur un front plissé et des sourcils bien taillés. Ses mains sont jointes sur un bureau blanc, où ne traîne qu'une feuille sur laquelle Jo distingue quelques notes.

Ses yeux clairs se dirigent vers la caméra, alors qu'il annonce sévèrement : « Adèle et son petit-fils, Mathieu, sont toujours en cavale. Contactée par nos équipes, la détective responsable de l'affaire affirme qu'il ne s'agit que d'une question d'heures avant qu'on ne retrouve leur trace. D'après son témoignage, la théorie la plus plausible est qu'Adèle s'est délibérément enfuie, sans que son petit-fils ne l'ait contrainte à quoi que ce soit. Ce qui n'était à l'origine qu'une banale affaire de disparition passionne désormais le pays entier, après qu'une série de témoignages et de photos retraçant la vie d'Adèle et de son petit-fils ont fait surface sur Internet. Un challenge

#barretoicommeAdèle a même été lancé sur TikTok et des milliers de personnes sont… »

Jo soupire, éteint la télé et va préparer son café. Fort et brûlant, elle ne l'aime que comme ça. Dans la chambre, Benjamin ronfle, affalé sur le ventre, le drap du lit ne lui couvrant que la moitié du postérieur.

Benjamin et elle sont voisins de bureaux : il travaille à l'étage inférieur, et s'occupe de dossiers ayant trait à la maltraitance infantile, le genre d'affaires trop sordides pour elle. Ensemble, ils ne parlent jamais de boulot, et avec toutes les horreurs qu'il voit à longueur de journée, elle est à peu près certaine qu'il ne veut pas d'enfant, ce qui lui convient parfaitement. Leur relation était à l'origine purement charnelle, l'affaire d'un ou deux soirs par semaine, une trentaine de minutes et c'est tout. Depuis peu, il commence à rester pour dormir de temps en temps, et Jo se surprend à apprécier sa compagnie. Elle qui s'était juré de ne plus jamais s'attacher aux hommes, lui prépare un café alors qu'il dort les fesses à l'air sur son matelas.

Tandis que le liquide goutte dans la cafetière, Jo repense à leur rencontre. Elle ne descendait jamais à l'étage du dessous, puisque les disparitions d'enfants ne faisaient pas partie de sa juridiction. Mais les équipes qui s'en chargeaient habituellement étaient toutes mobilisées sur l'enquête d'un rapt de près de cinquante gosses qui avait eu lieu dans une ville proche, tous capturés en l'espace de deux semaines. École, crèche, maternité : des dizaines de bébés et de jeunes enfants s'étaient volatilisés, si bien que lorsqu'une famille avait signalé la disparition d'une gamine de huit ans, près d'une semaine après la vague de kidnappings, personne n'était disponible pour traiter l'affaire. Résultat : on avait déposé le dossier sur son bureau.

Elle s'était donc trouvée avec une affaire sur les bras dans un domaine qu'elle maîtrisait mal, et sans personne pour l'assister. Benjamin avait émergé d'une pile impressionnante de dossiers lorsqu'elle était allée solliciter ses équipes, et lui avait été d'une aide précieuse. Jo n'aurait pas dit qu'il était séduisant, mais elle aimait ses cheveux en bataille, sa voix douce, ses manières délicates et le dévouement farouche dont il faisait preuve lorsqu'il s'agissait de résoudre une enquête. Il avait toujours les doigts tachés d'encre, comme les enfants qu'il était censé protéger, et l'air un peu paniqué, comme les parents qu'il était censé rassurer. C'est sans doute ce côté-là qui fit succomber Jo. Elle sentait que cet homme cachait des choses qu'il ne lui dirait probablement jamais. Elle voyait cela comme un pacte entre eux : elle tenait aussi à faire le silence sur ce qu'elle avait subi dans la cabane.

Son téléphone vibre, l'arrachant à ses pensées. Marc. Déjà débout à cette heure-là ? Une première. Elle décroche par curiosité.

— Vous allez pas le croire, patronne, dit Marc avec excitation.

— Essaye quand même.

— On a retrouvé la Clio rouge dans une casse automobile. Elle est complètement aplatie mais notre contact est formel : c'est bien la voiture qu'on cherche.

— Y'avait pas une grand-mère dedans, par hasard ?

— J'espère pas, sinon il n'en reste plus rien. Attendez, je demande, au cas où.

Marc éloigne le téléphone et hurle à l'intention de son interlocuteur, qui doit se trouver à bonne distance de lui tant sa voix vrille les tympans de Jo :

— Hé, ho ! Oui, toujours toi. T'as pas retrouvé de grand-mère dans la voiture, par hasard ? OK, je me disais aussi.

— Marc, dit Jo d'un air désespéré. Tu viens vraiment de lui poser la question ?

— C'est vous qui m'avez demandé, patronne.

— Laisse tomber. Merci pour l'info.

Jo s'apprête à raccrocher, puis se ravise.

— Eh, Marc ?

— Dites-moi tout.

— Bon boulot. Je t'avais pas demandé de passer les casses au peigne fin, et je t'avoue que je n'espérais pas que tu y penses seul, ni toi ni Clément. Tu viens de me faire gagner pas mal de temps, alors merci.

— Tout va bien, patronne ? Je crois que c'est la première fois que vous me faites un compliment !

— Que ça devienne pas une habitude ! À tout à l'heure, finit-elle en raccrochant pour de bon cette fois, un début de sourire pointant sur son visage.

Le café a maintenant fini de couler. Elle en sert deux tasses à ras bord, puis rejoint Benjamin qui commence à se réveiller. S'allongeant à côté de lui, elle murmure à son oreille :

— Debout, Belle au bois dormant. Je suis loin d'être ce genre de fille, mais en général, j'avais plutôt dans l'idée que c'était à toi de préparer le petit déjeuner et le café, pendant que moi je me prélasserais au lit.

Les yeux encore collés, Benjamin se tourne vers elle et lui sourit. Il ne s'est pas rasé depuis trois jours, lui donnant un charme négligé auquel Jo n'est pas insensible. Il l'attrape par les hanches et l'invite doucement à s'allonger sur lui.

— Ça tombe bien, j'ai l'impression que tu vas rester encore quelques minutes au lit.

Jo plonge dans les bras de cet homme dont elle ne sait presque rien, sa respiration s'accélère et son dos se cambre, ses jambes se détendent et ses seins croisent une bouche qui les embrasse. Elle s'oublie, elle que ses souvenirs tuent à petit feu.

Quelques minutes après un bref trajet jusqu'à son bureau, Jo pianote sur son téléphone pour appeler Marc. Répondeur. Agacée, elle sort de sa voiture et ouvre son coffre. Trois caisses à porter jusqu'à l'autre bout du bâtiment de police, puis à apporter dans la salle d'analyse. Plusieurs centaines de photos par caisse, des milliers, lui a dit Anna. Trois cents mètres à parcourir depuis le parking : pas si loin que ça, mais elle aurait aimé que Clément et Marc se rendent utiles. Jo craint que les compliments qu'elle a faits à Marc ne l'aient transformé en un fainéant redoutable. L'affaire est loin d'être finie et Jo a besoin d'aide.

Elle empile une caisse sur l'autre mais l'ensemble est trop encombrant. Elle n'en prend qu'une à la fois. Après deux minutes de marche, elle débarque dans le service, pose la première caisse dont elle avait sous-estimé le poids sur le bureau de Clément et, presque en sueur, se tourne vers Marc.

— À quoi te sert ton portable ? Sinon à mater des films de cul quand t'es aux chiottes ? l'agresse-t-elle alors qu'il s'apprêtait à lui souhaiter la bienvenue.

Marc regarde Clément et lève les sourcils comme pour lui confirmer que la bonne humeur de la patronne ne pouvait pas durer.

— L'écran est bien trop petit pour un visionnage confortable, et moi aussi je suis ravi de vous revoir, boss ! Qu'est-ce que vous nous apportez, là ? demande Marc en soulevant le couvercle de la caisse. Photos de famille ?

Jo sort la clé de sa voiture de la poche arrière de son jean et lui lance.

— Va me chercher les deux autres caisses dans le coffre. Toi aussi, ajoute-t-elle en désignant Clément. Et vous me les amenez ici.

Jo laisse ses deux collègues suer à sa place et entre dans son bureau. Elle trouve le rapport de Marc concernant la Clio rouge qu'elle feuillette rapidement. Elle lit que personne ne sait qui a amené la voiture : le responsable de la casse l'a trouvée à cinq mètres de l'entrée et a décidé de la détruire. « Ce n'est pas la première fois que ce genre de chose arrive, a-t-il précisé dans la note. J'ai prévenu déjà dix fois la police que des voitures apparaissent régulièrement au même endroit. Et comme personne n'a visiblement envie de s'en soucier, j'en tire profit en les mettant à la casse et en récupérant des pièces pour moi. » Juste à côté de cette citation, Marc a griffonné une flèche pointant vers le texte et un smiley avec la mention « Pas content ».

C'est bien la Clio de Mathieu : les plaques correspondent. Jo doute que lui et sa grand-mère aient continué à pied, ils ont forcément trouvé une nouvelle voiture ou reçu de l'aide. Pas étonnant, avec la cote de popularité d'Adèle qui ne cesse de grimper sur Internet : c'est toujours comme ça avec les personnes âgées, elles sont plus attachantes que le commun des mortels.

Jo repense à son entrevue avec Anna, à ses mots durs et à son air las. Elle revoit la chambre d'Adèle, à la fois vide et pleine de l'odeur d'un corps dont on attend la bascule. Elle s'imagine rendre visite à l'un de ses parents, se garer sur le parking, et souffler dans sa voiture avant d'en sortir pour se préparer à ce qui l'attend. Elle se voit faire le code et pénétrer dans le nouveau monde de son père. Lui déposer un baiser sur la joue, lui demander comment il va, s'il a bien mangé, le genre de choses banales qu'elle n'aurait pas envie de dire et dont elle connaîtrait la réponse. Et après, quoi ? Ils iraient se promener, prendraient un café, et discuteraient de la pluie et du beau temps, parce qu'elle ne voudrait pas lui décrire ses journées à elle, trop vibrantes pour lui, et ne voudrait pas savoir comment se passaient les siennes, trop tristes pour elle.

Marc et Clément frappent à la porte et entrent sans attendre. Clément a l'air de souffrir le martyre après cet effort ; des auréoles sont apparues et un pan de sa chemise est sorti de son pantalon. Ils déposent les deux caisses restantes sur le bureau de Jo et s'apprêtent à repartir quand elle les apostrophe de nouveau.

— Merci, et maintenant apportez-les à Patrick ! leur somme-t-elle.

— Patrick ? Qu'est-ce qu'il va faire de trois caisses de photos ? s'étonne Marc.

— Il trouvera, ça ne fait aucun doute, le rassure Jo.

Dix minutes plus tard, elle referme la porte de son bureau et bifurque à droite, en direction de la salle où sont entreposés les serveurs informatiques. Elle arpente rarement ce couloir, se mélangeant peu avec les informaticiens dont elle ne saisit rien au travail. Chaque fois qu'une des personnes du service tente de lui expliquer, elle a l'impression d'être stupide. En résulte un geste agacé de la main accompagné d'un « Démerdez-vous comme vous voulez mais réparez-moi ça ! ». Ils vivent en marge et restent entre eux, de toute façon. Jo pense à ça en marchant vers le bureau de celui que personne ne comprend. Patrick, reclus dans une pièce située au fond du bâtiment. Une sorte de cave pour quelqu'un que Jo ne saurait décrire.

Les trois caisses de photos sont posées près de la porte entrouverte. Jo toque et lance un timide « Patrick ? ». Concentré sur une feuille A4, il ne daigne pas répondre. Son bureau, six fois plus grand que celui de Jo, est si encombré qu'il paraît bien plus petit. Des papiers, des graphiques, des appareils de mesure, des ordinateurs et des unités centrales, des tableaux et des ardoises pleines de charabia, des maquettes, des journaux et des articles de presse punaisés au mur, des couvertures en laine, des dossiers dans des pochettes de couleur, et des paquets de céréales – foutues céréales – posés un peu partout. Patrick n'a jamais la bouche vide.

Son ventre pointe sous ses pulls sombres, toujours rentrés dans des pantalons trop courts pour dissimuler les chaussures de randonnée qu'il porte en permanence. Ses cheveux tombent sur son visage si pâle qu'on l'imagine difficilement supporter le soleil. Il arrive avant tout le monde et repart bien après. Jo s'est déjà demandé s'il ne dormait pas ici. Son corps est réfractaire à tout effort physique, mais ses yeux vifs émergent de ses sourcils broussailleux, tels ceux d'une bête traquant une proie. Précisément ce qu'il fait au quotidien, d'ailleurs : Jo et ses collègues le laissent se débrouiller avec des éléments d'enquête trop longs ou compliqués à résoudre. Sans qu'on sache comment, Patrick trouve toujours une solution. Il est efficace, rapide et ne se trompe jamais – un magicien coincé dans un corps de vieux garçon.

— Patrick, on t'a apporté trois caisses de photos il y a dix minutes.

Il plonge sa main dans le paquet de Chocapic le plus proche. Des petites miettes tombent sur sa feuille, qu'il balaye d'un revers de la main. Après quelques secondes, il repose sa règle et se tourne pour aviser les trois boîtes.

— Je sais pas si t'as entendu parler de ça, mais une grand-mère et son petit-fils se sont fait la malle. Je t'ai apporté un dossier avec tous les éléments de l'enquête, explique Jo en montrant le dossier qu'elle tient dans sa main.

Patrick mâche puis déglutit. Il repose les yeux sur son calcul, et Jo enchaîne vite, craignant de perdre son attention.

— Ces caisses sont l'une de nos pistes principales. Je les ai récupérées à la maison de retraite où la grand-mère vivait. Je voudrais que t'y jettes un œil et me dises si tu vois des choses dont on pourrait se servir pour retrouver sa trace. Des lieux qui reviennent plusieurs fois, des personnes, des objets, n'importe quoi.

Patrick soupire puis se lève enfin de sa chaise. Il s'approche de la porte, et Jo peut sentir son odeur, un mélange de sueur et de l'humidité des vêtements qu'on range avant d'être complètement secs. Un bout de céréale s'est échoué sur son pull. Patrick semble fatigué.

— Tu travailles sur quoi en ce moment ? lui demande-t-elle pour faire la conversation.

Sans lui répondre, Patrick soulève un des couvercles et choisit une photo au hasard. Elle représente une sorte de parchemin avec des oiseaux et des pyramides. Des hiéroglyphes sont inscrits sur toute la largeur.

— Je ne sais pas combien il y en a, mais elle prenait en photo tout ce qui bouge. Tu vas t'amuser, dit Jo en esquissant un sourire.

Patrick referme la boîte, retourne s'asseoir et, lui tournant le dos, replonge la main dans son paquet de Chocapic. Quand Jo demande de l'aide à Patrick, elle sait qu'elle ne peut pas s'attendre à un échange d'idées : elle lui confie la mission et s'en va, sans savoir quand il la mènera à son terme. Un simple « viens » dans l'objet d'un mail signifie que Jo peut revenir récupérer des infos. Elle referme la porte et tourne les talons sans que Patrick ne lui accorde un regard.

25

C'était la crise. Mme Lossage, qui avait les deux fesses sur le sol, était un peu sonnée. Elle ne parvenait pas à se remettre debout, même avec l'aide de deux aides-soignantes. Adèle se demandait si elle allait un jour cesser de faire son intéressante. C'est vrai que Mme Tamberg y était allée un peu fort, mais rien d'inhabituel. Ils y étaient tous passés au moins une fois, les femmes comme les hommes : à leur âge et avec leurs réflexes, il suffisait d'une pichenette pour qu'ils s'écroulent au sol, pauvres dominos aux cheveux gris. Mais Adèle ne se souvenait pas en avoir fait des caisses, d'avoir pleuré comme Mme Lossage, gémi et juré qu'elle s'était cassé quelque chose. « Ne me touchez pas, pour l'amour de Dieu ! » Un peu plus et la vieille allait exiger que la sécurité nationale vienne la chercher.

Immédiatement, on s'était insurgé une nouvelle fois contre la violence et la brutalité de Mme Tamberg. On avait exigé qu'elle parte, on avait même appelé ses enfants pour leur crier dessus, et ils s'étaient excusés pour la millième fois, et le referaient encore des milliers de fois, quand d'autres succomberaient de nouveau à une de ses crises de colère. « Ce n'est pas sa faute, expliquaient-ils, elle est malade mais l'exprime différemment que les autres. Ne la tenez pas à l'écart, suppliaient-ils, restez avec elle, parlez-lui, car nous ne pouvons plus le faire. Souriez-lui, même si elle vous fait peur, riez avec elle, même si elle vous fait mal, parce qu'il y a tant de choses que vous ne savez pas sur elle et tant de jolis moments qu'il lui reste à vivre. Même dans cet endroit où plus aucun verbe ne se conjugue au futur. »

Elle avait passé sa vie dans les champs, à retourner la terre, labourer, déraciner et planter, arroser et cueillir. Elle était tout le temps dehors, à se pencher, se relever, soulever et reposer, travaillait dix heures par jour en prenant rarement de week-ends ou de vacances. Pas étonnant qu'elle fût si intense, Mme Tamberg, et qu'elle refusât de rester les bras croisés. Elle voudrait les réveiller, tous ces vieux, les secouer, et les faire travailler dehors, ensemble. Elle ne supportait pas de voir cette bande de fainéants dormir à longueur de journée. Et puis la nourriture qu'on lui apportait, elle n'en aurait même pas donné à ses cochons. De la bouffe de malades, de la bouillie de bouillie qu'on aurait mixée pour être certain qu'elle ne ressemble à rien.

Le pain, au moins, elle le connaissait : c'était fiable, on ne pouvait pas le défigurer et le transformer en autre chose. Elle en chapardait à tout le monde dans le dos des aides-soignantes et apportait les morceaux dans sa chambre qu'elle rangeait dans un tiroir rempli à ras bord de mies et de croûtes. Un cauchemar pour les femmes de ménage. Elle continuait pourtant de l'alimenter, jour après jour, même si on lui vidait, jour après jour.

C'était l'été qu'elle préférait, quand on leur autorisait l'accès à l'extérieur et qu'elle pouvait aller entretenir le minuscule jardin de la résidence. Elle les laissait alors tranquilles, tous ces petits vieux, car elle avait de quoi s'occuper. Elle était encore suffisamment en forme pour travailler plusieurs heures d'affilée sans avoir besoin de se reposer. C'était son cerveau, le capricieux, pas ses bras et ses jambes, encore drôlement solides. Souvent, Adèle venait lui donner un coup de main : elle l'appréciait parce qu'elle était calme et douce, son exact opposé. Elle oubliait régulièrement son prénom mais ce n'était pas grave, Adèle était une présence apaisante en plus d'être efficace au jardin.

Pas comme cette Mme Lossage qu'elle n'avait jamais pu piffer. Avec ses airs hautains, ses bijoux inutiles, son maquillage et sa canne solide. Non qu'elle aurait voulu avoir cette vie-là, faite de cocktails, de dîners, de grands lustres et de lits à baldaquin. Si on lui avait proposé, elle aurait refusé sans hésitation. Mme Tamberg avait simplement l'impression que ces gens-là regardaient de haut ceux qui avaient de la terre sous les ongles. Alors quand elle l'avait vue aller se servir de l'eau avec ses chaussures élégantes et sa coiffure parfaite, ça avait été plus fort qu'elle : elle l'avait juste poussée un peu pour se défouler.

Il fallait la comprendre, aussi : l'hiver approchait et les sorties jardinage avaient cessé depuis longtemps.

Pourtant, elle n'était pas méchante, ni violente. Elle était juste malade, Mme Tamberg, comme Adèle, comme M. Richard ou Mme Santorio, et les autres. Elle était juste malade, alors pourquoi ne la laissaient-ils pas tranquille ?

26

Je me replace tant bien que mal sur le siège conducteur. Mon ventre me lance et je suis à peu près certain d'avoir des côtes cassées. Ma lèvre est encore en sang, comme mon arcade sourcilière. Je presse un bout de tissu contre les plaies et grogne de douleur. La vitre que j'ai cassée plus tôt laisse passer du vent. Parfait pour garder l'esprit éveillé.

À ma surprise, lorsqu'Adèle a découvert mon visage quelques minutes plus tôt, elle n'a pas semblé aussi effrayée que ce que je craignais. Ce que Marvin lui a fait fumer faisait encore effet. Elle paraît ravie que ce voyage de plus en plus amusant suive son cours. Elle n'a plus rien de l'Adèle maussade et silencieuse que j'avais quittée : j'aurais juré qu'elle avait rajeuni. Ce constat me réjouit en même temps qu'il me vexe : ce n'est pas moi qui l'ai déridée mais un inconnu.

— Vous, les jeunes, avec votre rap, là, vous ne savez plus ce que c'est que la musique, dit Adèle.

Elle grommelle en s'enfonçant dans son siège, croise les deux mains sur sa poitrine et fixe la route.

— Pas moyen de trouver un chanteur convenable là-dedans, continue Adèle. Mets ce que tu veux, c'est toi qui conduis après tout.

Je tiens le volant d'une main et avec l'autre, appuie sur les boutons de l'autoradio pour trouver une autre fréquence, monte et baisse le son.

— Je veux bien te laisser choisir la musique, mais je te préviens, si je meurs dans un accident de voiture en écoutant du rap, je viendrai te hanter toute ma vie. Crois-moi, t'as pas envie d'avoir une mamie par-dessus ton épaule quand tu feras tes cochonneries !

Elle continue :

— Toute ma vie, quand les gens apprenaient mon nom de famille, ils comprenaient que je venais d'Espagne. Et parce qu'ils pensaient me faire plaisir, ils me sortaient tous les chanteurs espagnols qu'ils connaissaient. Complètement con, j'en connaissais pas un seul. Et puisque pour eux, tous les Espagnols sont cathos, ils s'étonnaient de pas voir une croix autour de mon cou. Ils me demandaient presque s'ils allaient me croiser à la messe le dimanche. Je m'en fous moi, de tout ça, mon père était communiste et athée jusqu'au bout des ongles, mon mari aussi et on n'a jamais foutu les pieds dans une église !

Je tends l'oreille car je ne l'ai jamais entendue parler de tout ça. Je regrette de ne pas avoir mon carnet pour prendre en notes ses souvenirs. J'en ai une dizaine, tous remplis de faits plus ou moins vérifiables et de personnages plus ou moins réels. Je l'ai rarement entendue évoquer son père, qu'elle décrivait comme un homme discret « avec sa roulotte », quelqu'un qui avait fait partie de son enfance, mais auquel elle n'a jamais semblé attachée.

Malgré ce qu'elle vient d'affirmer, je sais qu'elle fréquentait des églises quand elle vivait encore en Espagne. L'une d'elles l'avait même recueillie, avec toute sa famille. Frappées d'effroi par leur situation, des nonnes leur avaient fourni un toit et des vêtements, de la nourriture et un peu de tendresse quand, dehors, la guerre déchirait les âmes et avalait des vies. Adèle, ses parents, ses frères et sœurs, étaient restés là-bas deux mois avant de reprendre la route. Ils ne sortaient que rarement de la chambre dans laquelle ils vivaient entassés, ne se risquaient dehors que pour acheter le journal et quelques victuailles, avant de vite rentrer, le cœur lourd de voir ce que leur pays était devenu.

Je ralentis à l'approche d'un camping.

— Qu'est-ce que tu fais ? me demande Adèle.

— Il faut bien qu'on dorme quelque part, non ? Je suis épuisé. C'est la planque parfaite pour la nuit et personne viendra nous chercher ici.

— Ça me dit bien, répond Adèle enthousiaste. Ça fait des années que j'ai pas campé.

Je gare la voiture tout près d'un portail automatique, encadré par deux pins et un cabanon en bois. Une femme est postée devant, avec des lunettes de soleil noires et un short en jean. Le nom du camping est inscrit en rouge sur son t-shirt. Je demande à Adèle de m'attendre quelques minutes dans la voiture puis pénètre dans le cabanon, pour en ressortir chargé de nourriture, d'un sac de couchage, d'un matelas, et d'une clé qui pend à mon doigt.

— Tout roule ! dis-je tout sourire en rejoignant Adèle dans la voiture. Par contre, je te préviens, cet endroit est particulier.

La barrière levée, nous nous engageons dans les allées du camping à la recherche de notre emplacement. Celui-ci se trouve juste à côté d'un grand palmier, un peu surélevé et à bonne distance de tentes déjà plantées. Tout est étrangement désert, mais j'entends des basses ronfler non loin de là. Une fête, sûrement. Tant mieux : nous pourrons nous installer sans attirer l'attention.

Je me déplie tant bien que mal pour sortir de la voiture et, tandis qu'Adèle me regarde depuis son siège, j'installe le matériel. Mes gestes sont imprécis, mous, mais j'ai besoin de me sentir utile.

Un homme passe près de nous, complètement nu. Il nous salue de la main et nous souhaite la bienvenue. Ses fesses flasques rebondissent à chacun de ses pas, comme son gros ventre qui cache presque son pénis flottant au vent. D'instinct, je jette un coup d'œil inquiet à ma grand-mère, qui rit.

— Rassure-toi, j'ai jamais trouvé ça particulièrement sexy, ces trucs qui pendouillent.

Je l'aide à sortir de la voiture puis lui prends la main pour l'aider à marcher vers le campement.

— T'es pas obligé de me tenir comme ça, Mathieu. Je marche depuis soixante ans de plus que toi. Si on devait faire attention à quelqu'un, ce serait plutôt à toi.

Juste avant d'arriver devant la tente, Adèle, désormais en pleine forme, débarrassée de ses rhumatismes et de son mal de dos, se redresse et me lâche la main. Sans me prévenir, elle subtilise mes lunettes de soleil.

— Mamie, rends-moi mes…

— Va te cacher dans la tente si tu veux pas qu'on te voie avec tes coquards. Je vais faire un tour par là-bas.

Incrédule, je regarde ma grand-mère s'éloigner, les lunettes dissimulant ses yeux baladeurs. Autant profiter de la situation : elle s'éloigne sans se retourner une seule fois, zieutant discrètement les hommes nus qui croisent son chemin, discutant avec certains, riant avec d'autres. Je ne la vois bientôt plus : une armée de campeurs nudistes n'attend qu'elle pour prolonger la fête.

27

Tu sais ce qui me rend dingue, Adèle ? C'est qu'ils croient tous qu'on reste passifs. Au contraire, nous ressentons et voyons mieux que tout le monde. Un jour j'ai entendu quelqu'un dire une connerie du style : « C'est plus dur pour nous que pour elle, cette maladie. Elle n'est plus en état de comprendre ce qui lui arrive. » Je les entends, tu sais : ils parlent souvent comme si nous n'étions pas là, glissent des « que je reste cinq minutes ou deux heures, c'est la même chose ». Mais ce n'est pas vrai. Je n'ai jamais été très fort en maths, mais deux heures, c'est toujours plus que cinq petites minutes, qu'on soit malade ou en pleine santé. Et même si c'est vrai que ces deux heures-là, je les aurai oubliées cinq minutes après, c'est toujours ça de pris dans des journées trop longues. Alors je crève de leur dire de rester encore un peu, de nous parler comme si l'on existait encore. Parce qu'elle me tue, cette fausse pitié, j'en meurs à petit feu, de ces courtes balades. Pas toi ? Si je saigne, tu as mal aussi. Je sais qu'il n'y a pas grand-chose de plus dur que de venir nous voir dans cet endroit, qu'après une journée de travail, ils n'ont pas envie de renifler l'odeur de la mort. Mais ce n'est pas de notre faute, ce sont les hurlements que l'on entend parfois depuis l'extérieur et les yeux rougis de ceux qui s'en vont, c'est tout cela qui rend les hommes tristes. Ce n'est pas nous. Ce n'est pas nous. Alors pourquoi ne restent-ils pas plus de cinq minutes à nous tenir la main ?

Ce n'est pas clair dans sa tête. Ça tangue, les couleurs se mélangent et se superposent. Adèle entend une voix, qui l'appelle, lui dit de tourner à gauche, puis à droite, de reculer et de courir. Cette fois, ce n'est pas son cerveau qui la guide, c'est autre chose. Elle n'arrive pas à lui résister, et quand la voix s'exprime, elle a la sensation de s'enfoncer un peu plus dans la folie.

Ta place n'est pas ici.

Alors, Adèle marche. Dans quelle direction, elle ne sait pas encore. Elle respire l'air de la nuit, frais et enivrant.

Pars.

Elle foule le sol, mais ses chaussures sont inconfortables. Trop petites, elles lui font mal aux talons. Ses orteils, comprimés dans le cuir étroit, semblent rétrécir.

Enlève-les.

Ses chaussures s'échouent sur la terre battue qui caresse désormais sa peau nue.

Bien.

Adèle regarde autour d'elle, pose ses yeux sur les campements endormis et tente de deviner les silhouettes de ceux qui s'y abritent.

Marche, marche, marche.

La voix a un ton envoûtant. Ses inflexions sont charmeuses et ses ordres tentants.

Comme ça, oui.

Elle entend le hululement d'oiseaux de nuit, leurs ailes battre l'air, se soulever et retomber sur des branches d'arbres accueillantes. Une voiture passe puis s'éloigne dans un écho lointain.

Continue.

Elle frissonne, regrette de ne pas avoir pris une veste. Ses jambes sont douloureuses.

Ignore-les.

Elle se frotte les bras pour se réchauffer. Elle a froid mais ne plie pas, claque des dents mais ne renonce pas.

Approche-toi, Adèle.

Elle sent ses pieds gémir lorsqu'elle marche sur un caillou, un picotement vif, une décharge qui ne parvient toutefois pas à la faire sortir de sa torpeur.

Reste avec moi.

Elle avise une tente sur sa droite, bleu foncé, d'une taille moyenne, proche d'un break imposant, garé à deux bons mètres.

Ne t'arrête pas.

La lueur de la nuit projette des ombres sur sa toile, le vent souffle doucement, la faisant frémir.

Plus près, Adèle.

Elle tend discrètement l'oreille pour entendre la respiration des campeurs. Elle croit percevoir un souffle, deux même, apaisés.

Entre, on va s'amuser un peu.

Elle fait le tour de la tente pour trouver l'entrée. Un corps bouge à l'intérieur.

Il ne t'entend pas, fais-moi confiance.

La voilà. Elle tient la fermeture éclair entre ses doigts et la fait coulisser.

Doucement.

Centimètre par centimètre.

Bien.

Elle ouvre la tente.

Encore un peu.

Dévoile deux corps allongés l'un contre l'autre.

Regarde-les.

Elle se tient devant eux, immobile.

Regarde-les bien.

L'homme est torse nu et la femme porte une chemise de soie blanche. Ses cheveux en bataille encadrent son visage endormi.

Maintenant.

Elle s'agenouille devant elle.

Maintenant !

Pose sa main sur l'épaule de la femme.

Là.

La secoue.

Plus fort.

Encore.

Ne bouge plus.

28

Chaque fois que mes paupières s'alourdissent, mon cerveau m'enfonce des cauchemars à grands coups de marteau dans le crâne. Plusieurs jours que nous sommes partis maintenant et Esther m'a laissé une vingtaine de messages. Je n'en ai écouté ni lu aucun, mais ce soir, tandis que mes pensées dansent avec mes angoisses, je repense à une de nos dernières conversations.

J'étais en train de la perdre. Je nous sabotais en même temps que ma vie déraillait, et jamais nos échanges n'avaient été si vifs. Elle qui parlait peu s'était lancée dans un monologue, pendant que je disparaissais dans les coussins du canapé. J'aurais aimé qu'ils m'engloutissent.

« J'ai besoin de plus, de plus que tout ça. Je rêve de dévorer des montagnes au petit-déj, je veux des nuages pour fauteuil, et quand il pleuvra, je veux que la pluie me serve de douche. Voilà à quel point je veux croquer le monde. Toi, t'es trop petit. Et je me sens minuscule. Tu te souviens de ce couple qu'on voyait de temps en temps ? La femme est morte de routine. Elle s'est flétrie jusqu'à ce que son mari la ramasse avec une balayette et la disperse dans le jardin. Elle s'est éteinte doucement, sous nos yeux, et lui n'a rien fait pour entretenir sa lumière, il l'a même couverte de ses mains pour qu'elle ne brille pas trop et n'aveugle pas les passants. Tu ne vois pas que j'ai froid ? »

Je m'étais approché d'elle pour la prendre dans mes bras, mais je n'aurais su dire si je voulais la réconforter ou étouffer ce qu'elle me disait. Elle avait reculé. Elle s'agitait de plus en plus, ses yeux si bleus devenaient sombres, son corps mince s'amplifiait.

« Regarde comme j'ai changé. T'as pas réussi à me suivre, mes courbes se sont envolées et d'autres hommes les ont attrapées au vol. Ils les ont enviées, et leur tête tournait, et leur cœur se serrait. Mais je les ai tenus éloignés, parce que je ne te voulais que toi, je suis restée parce qu'abandonner c'est être lâche, et s'il y a une chose que j'ai apprise, c'est que l'ombre peut être chassée si l'on emmagasine assez de soleil. Moi je te trouvais beau quand tu te regardais pas. Je trouvais que t'étais vivant et je te voyais briller quand tu t'oubliais. Et je me sentais chanceuse de pouvoir trouver le creux de tes bras quand je vacillais, je savais que t'allais être là quoi qu'il se passe. Il pouvait pas y avoir de fin, de froid, d'échec, de secousses et de chaos. Je te trouvais sincère quand tu parlais, riais et me soulevais de terre, je te trouvais charmeur quand tu me souriais, m'embrassais et me faisais la cour. Mais tu t'es mis à te regarder, toi. Et je crois que c'est ça qui a fini par nous aveugler. Par tout couvrir de noir. »

Les portes avaient claqué.

Esther me reprochait de refuser de voir que le sol s'était ouvert sous nos pieds, et qu'à force de me bercer d'illusions, je finirais par m'endormir avec le vide. Je crois maintenant qu'elle avait raison, mais ne pas y croire chasse mes putains d'ombres.

Des moments heureux, il y en a eu aussi. Je revois alors ma grand-mère comme si j'étais avec elle, il y a dix ans, remuer la sauce dans la casserole, ajouter un peu de sel et d'herbes de Provence et la goûter. Encore une trentaine de minutes de cuisson et ce serait bon. Ce jour-là, elle faisait ses fameuses lasagnes, celles dont je parle au-delà des frontières. Elle n'avait pas le droit de se manquer, cette fois. C'était le grand jour, celui qu'elle avait attendu longtemps. Elle goûta une nouvelle fois la sauce, remit une pincée de sel et baissa le feu. Adèle jeta un coup d'œil à sa montre, constata qu'elle avait encore presque deux heures devant elle et retourna dans le salon vérifier que les cadres étaient bien en place, et surtout que les photos d'elle et moi, ressorties pour l'occasion, étaient placées de telle façon qu'il aurait été impossible de ne pas les voir. Elle alla dans sa chambre pour s'assurer que la sauce tomate n'y avait pas fait de taches malheureuses, réajusta un peu sa coiffure et changea de boucles d'oreilles. Elle voulait mettre celles que je lui avais offertes pour la fête des grands-mères, de jolies boucles, discrètes et étincelantes. Parfait.

Elle consulta ensuite le carnet qu'elle avait posé sur sa table de chevet : « Occupation, ambitions, situation familiale, diction, relations précédentes (rester discrète), loisirs, maladies éventuelles. » Elle chercha d'autres thèmes à aborder mais, n'en voyant aucun, elle referma le carnet et le remit dans un tiroir où elle était sûre que personne ne viendrait le trouver. Adèle retourna dans la cuisine, prit trois assiettes, trois verres, un dessous de plat, des couverts et une nappe et les apporta dans la salle à manger, où elle disposa le tout en prenant soin de ne faire aucun pli. Elle sortit ensuite le parmesan et une râpe pour les ajouter au décor. Il n'y avait plus qu'à patienter.

Je refermai, de mon côté, la portière de la voiture et attendis qu'Esther fasse de même. Je n'avais pas trouvé de place plus proche, et nous avions cinq bonnes minutes de marche avant d'arriver à destination.

— Pourquoi t'as mis des talons ? Je t'avais bien dit que ça ne serait pas pratique, et puis ma grand-mère s'en fout, vraiment, balançai-je à Esther.

Elle s'arrêta de marcher et me foudroya du regard.

— TU-ME-FAIS-CHIER ! Depuis ce matin tu m'emmerdes, tu me dis comment m'habiller, me maquiller, tu me saoules, Mathieu ! Et puis qu'est-ce que t'y connais, toi, avec tes quatre t-shirts et deux jeans !

— Ça va, c'est bon, j'essayais juste de détendre l'atmosphère. Ma grand-mère ne mord pas, tu sais. Du moins à ce que je sais…

Ma plaisanterie n'ayant pas eu l'effet escompté, nous reprîmes, en silence cette fois, la marche en direction de l'immeuble. Celui-ci se composait de quatre étages abritant huit appartements. La façade, jadis bleue, était maintenant délavée, et les balcons visibles depuis la route étaient fissurés au point de sembler sur le point de s'effondrer.

— Ma grand-mère va sur son balcon que pour nourrir son armée de pigeons, ne t'en fais pas, expliquai-je à Esther, qui n'avait pourtant rien demandé. L'an dernier, il y en a un qui a carrément pondu sur une chaise en bois, t'imagines le truc ?

Au quatrième, depuis la fenêtre du salon, Adèle observait Esther qui me tenait le bras. Elle se dit qu'elle était grande, dans les un mètre quatre-vingts, estima-t-elle alors qu'elle ne voyait pas grand-chose à part ses cheveux bouclés. Adèle, un peu anxieuse, devait faire bonne impression, dissimuler la pointe de méfiance qu'elle ressentait, accueillir Esther comme si elle faisait déjà partie de la famille. Elle me savait naïf, sensible et désespérément immature, elle pourrait remarquer si quelque chose n'allait pas entre nous.

Nous avons sonné à l'interphone. Puis Adèle entendit nos pas dans l'escalier depuis la porte entrouverte. Les talons d'Esther claquaient. Elle marchait doucement de peur de se tordre une cheville, soucieuse aussi de ne pas me donner raison à propos des chaussures. Adèle lissa son pantalon, vérifia de nouveau que son chemisier n'était pas taché et se posta sur le seuil de la porte.

Le cœur d'Esther s'emballait un peu : Adèle était si importante pour moi qu'elle était pétrifiée à l'idée de ne pas être à la hauteur. Arrivée essoufflée au quatrième étage, elle découvrit cette grand-mère, ce petit bout de femme à l'air malicieux. Élégante, elle portait un chemisier gris et un pantalon noir, des chaussons de la même couleur ornés d'un nœud papillon en tissu. Ses cheveux colorés étaient joliment coiffés. Ses yeux rieurs et chaleureux la regardaient avec curiosité. Elle se tenait droite, fière, et, bien que faisant deux têtes de moins qu'Esther, elle la dominait presque avec un charme tranquille.

— Bonjour madame, ravie de vous rencontrer ! dit Esther en reprenant son souffle. Vous ne pouvez pas imaginer à quel point Mathieu parle de vous.

Ma grand-mère put la regarder de plus près : sa peau mate, ses yeux bleus, grands et expressifs. Elle devina que j'avais dû m'y perdre un bon nombre de fois.

— Je t'arrête tout de suite, ma petite, répondit Adèle, sévère.

Esther se tourna vers moi, craignant d'avoir déjà dit quelque chose de mal. Je lui souris.

— Déjà, tu vas me tutoyer. Et ensuite, pas de chichis : tu fais partie de la famille maintenant, ne te gêne pas. Allez, entrez !

Soulagée, elle suivit ma grand-mère, tandis que j'exerçai une petite pression sur son dos pour lui signifier que j'étais derrière et que tout allait bien. Il faisait bon dans l'appartement et l'odeur de sauce tomate qui émanait de la cuisine faisait chavirer les estomacs. Esther prit le temps de regarder autour d'elle. Le sol qui scintillait la laissa deviner qu'Adèle avait dû faire le ménage avant notre arrivée. Elle remarqua aussi les photos posées sur les meubles, la toute petite table en marbre dans la cuisine, et juste en face, de l'autre côté du couloir, une chambre où une étagère blanche pleine de livres faisait face à un atelier de couture. Des patrons et des tissus s'étalaient autour d'une machine à coudre, sous un grand portrait de ma sœur et moi. Les murs gris clair auraient semblé tristes s'ils avaient été ailleurs. Mais quelque chose dans cet endroit l'apaisait, tel un cocon, une sorte de refuge où les misères du monde n'ont pas le droit de franchir le seuil. C'est le moment que choisit Adèle pour se poster derrière Esther et lui dire, d'une voix douce, ces quelques mots qui, formulés par quelqu'un d'autre, l'auraient fait prendre ses jambes à son cou :

— Comme je te disais, tu fais partie de la famille, maintenant. Mais il faut que tu saches une chose. Si tu lui fais du mal, je te tue.

Mes yeux commencent enfin à se fermer, mais je me surprends à sourire, et ça fait tellement longtemps que ça ne m'était pas arrivé que j'ai l'impression que ma bouche refuse de s'ouvrir.

29

Réveillé par un hurlement, je me redresse, ignorant la décharge de douleur qui me vrille le ventre. Le sac de couchage d'Adèle est vide. Il est 4 heures du matin mais mon inquiétude prend le dessus. J'espère de tout mon cœur que le cri ne vient pas d'elle. Je sors de la tente tant bien que mal.

De loin, une silhouette en chemise de nuit se tient à côté d'un homme bien bâti. Il la prend dans ses bras et elle enfouit le visage dans sa poitrine. Il lui frotte le dos, caresse ses cheveux comme pour la rassurer. Il regarde vers l'intérieur de sa tente, avec une expression que je ne parviens pas à comprendre. Des curieux mettent le nez en dehors de leur abri. Je m'approche de la scène en boitant, ignorant le feu brûlant dans mes poumons, tentant de garder mon sang-froid malgré un mauvais pressentiment. La tente se met à bouger très légèrement. Je vois alors une tête passer par l'ouverture. Ma grand-mère. Complètement perdue.

— Qu'est-ce que tu fais ici ? Tout va bien ?

Elle porte la main à ses tempes et les frotte pour se remettre les idées en place. Ses genoux sont tachés de la poussière couvrant le sol devant la tente.

— Je ne sais pas ce qui s'est passé, Mathieu, dit Adèle d'une voix faible. J'ai entendu quelqu'un me dire de sortir et de marcher, et je me suis retrouvée là, en train de…

Sans lui laisser le temps de finir sa phrase, je la prends dans mes bras :

— C'est fini, maintenant, c'est fini, mamie.

Je me retourne vers le couple qu'Adèle a réveillé, je constate que l'homme est sur les nerfs.

— Fini ? Ah non, on en a pas fini, loin de là ! T'es qui, toi ? aboie-t-il.

Il s'approche alors de moi, la mâchoire serrée. À quelques centimètres de mon visage, je peux voir les imperfections de sa peau, sa moustache mal taillée et les points noirs sur son nez, les rides qui se dessinent au coin de ses yeux et sur son front, plissé. Il souffle de rage, tel un taureau ridicule voulant prouver sa virilité devant sa femme.

— Dégage d'ici avec ta vieille folle, sinon tu vas déguster pour elle !

— Elle est malade, OK ? Calmez-vous, elle ne sait pas ce qu'elle fait.

— J'en ai rien à foutre moi, qu'elle soit malade, mourante ou complètement dingue !

Il pointe sa femme restée en arrière, qui frissonne, encore sous le choc.

— On réveille pas les gens en pleine nuit et si t'arrives pas à la contrôler, attache-la !

La moitié du camping, maintenant réveillée, me dévisage. Je sens la colère monter, mais refuse d'y céder une nouvelle fois.

— C'est pas comme ça qu'on parle aux vieilles dames, enfoiré.

Je me dirige vers Adèle, la prends par la main, et nous retournons vers la tente. Je prépare nos affaires, les mets à la hâte dans la voiture et installe Adèle sur le siège passager. La voiture se met en route, traçant des sillons sur la terre. Le portail est encore fermé et l'agent de nuit n'est pas à son poste. Je sors du véhicule, casse la fenêtre du bureau d'accueil et déverrouille la porte, cherche la télécommande automatique pour lever la barrière, appuie sur un bouton et reprends la route.

La panique d'Adèle s'accentue. Bloquée par la ceinture, elle s'agite. Sa tête bouge de gauche à droite, je n'arrive pas à la calmer. Elle sanglote et tente de s'exprimer, mais ses mots n'ont aucun sens. Elle mélange les histoires, parle de ses parents, de Joseph, de vieillardes sur un banc, de bonbons, de M. Richard, de sa fille et son gendre, de la voix dans sa tête, de son cerveau qui parle. Elle bégaye et délire. Ne sachant que faire, je la prends dans mes bras. Et je la serre fort pour étouffer ses angoisses.

30

Jo reçoit un mail. « Viens. » Patrick a été plus rapide que jamais. Un peu moins de trois heures pour trier des centaines de photos et en tirer quelque chose. Elle accourt.

Il n'a pas bougé depuis qu'elle l'a quitté, constate-t-elle. Et les boîtes sont posées exactement au même endroit qu'avant. Jo se demande s'il n'a pas oublié la mission qu'elle lui a confiée. Une photo, mise en évidence sur l'une des caisses, montre une banale ruelle étroite. À côté, une suite de chiffres inscrits sur une feuille blanche.

— Tu peux m'expliquer, Patrick ?

— Ils vont là, lui répond-il, en désignant le papier.

Trois mots à la suite, peut-être un record. Jo mesure sa chance.

— Comment tu sais ? lui demande-t-elle en comprenant que la suite de chiffres correspondait à des coordonnées géographiques.

— Beaucoup d'occurrences, répond-il en la fixant comme si elle était la dernière des demeurées.

— T'es sûr de toi ? Je vais envoyer une équipe sur les lieux, si tu te trompes ça va nous coûter du temps et de l'argent. Je dois pouvoir te faire confiance.

— Les arbres et la pierre, leur texture.

Patrick se retourne déjà vers son bureau. Doucement, il se réinstalle confortablement sur son siège qui grince sous son poids. Tandis qu'il se remet au travail en sortant une pile de feuilles d'un dossier cartonné, il marmonne dans sa barbe : « Ils vont là. » Pas de place au doute. Jo récupère la photo, le papier et les emporte avec elle dans son bureau.

Une fois devant son ordinateur, elle saisit les coordonnées géographiques et trouve le nom de la ville. Celle-ci est à plusieurs heures de route. Elle sait qu'avec tous les éléments dont elle dispose, elle devrait informer sa hiérarchie, monter une opération bien huilée, avec un *timing* précis et des agents mobilisés, un objectif et un plan d'opération.

Elle sait tout cela, parce qu'elle l'a fait des dizaines de fois. Mais une fois lancée, l'opération précipiterait Adèle et Mathieu dans la gueule du loup, sans retour en arrière possible. Et Jo perdrait tout contrôle. La grand-mère et son petit-fils seraient placés sans ménagement dans une voiture de police, peut-être seraient-ils même séparés. Jo verrait les yeux paniqués d'Adèle et ceux, tristes, de Mathieu. Elle les verrait s'éloigner l'un de l'autre sans avoir le temps de se dire au revoir. Ils seraient interrogés par des gens qu'ils ne connaissent pas, ne savent rien de leur histoire et de ce qu'ils ont traversé. Peut-être seraient-ils menottés, les poignets mordus par de l'acier froid. Adèle retournerait dans la maison de retraite, où elle serait accueillie avec inquiétude et trop de précautions. On lui poserait des questions auxquelles elle n'aurait pas envie de répondre, on prendrait sa tension, l'amènerait à l'hôpital, pour vérifier que son corps va bien, alors que c'est son cœur qui serait brisé. Fracassé, fatigué de retrouver toutes ces personnes qu'elle n'a plus envie de voir et cette chambre qui sent les fleurs fanées.

Quant à Mathieu, on le placerait en détention provisoire, jeté dans une cellule aux murs lisses. Il y resterait on ne sait combien de temps et, de toute façon, elle ne pourrait plus suivre l'affaire. Elle se plongerait alors dans une autre histoire de disparition, avec de nouvelles personnes inquiètes et des souvenirs dont elle n'arrive pas à se débarrasser.

Alors, plutôt que d'enclencher la procédure, Jo attrape sa veste, ses clés de voiture et décide de s'en occuper seule.

31

Cette fois, pas de musique. Juste le bruit d'un moteur, d'un levier de vitesse que l'on enclenche, d'un clignotant qui s'éveille. Je regarde en silence par les fenêtres de la voiture, en quête de l'une de ces pharmacies ouvertes toute la nuit. Adèle est endormie sur le siège passager, mais ses rêves sont agités. Elle marmonne et ouvre parfois les yeux quelques secondes. Sa main droite se resserre sur sa ceinture de sécurité avant de la relâcher. Je veux la rassurer, lui dire que ce sera bientôt fini : encore quelques heures de route et avec un peu de chance, nous arriverons juste au moment où le soleil aura fini de dormir avec la terre. J'appuie sur l'accélérateur. Les roues avalent la route. J'enclenche les pleins phares. Autour de nous, rien d'autre que des arbres et une barrière en bois défoncée. Nous sommes dans un *no man's land*, et je crains de ne rien trouver, ni hôtel ni pharmacie, avant plusieurs dizaines de kilomètres.

La nuit avance tandis qu'on continue à rouler. Adèle, désormais calmée, dort profondément. Elle ne se réveille pas quand je m'arrête sur un parking désert pour me détendre. J'écoute la respiration régulière de ma grand-mère. La faible lumière de la lune éclaire une partie de son visage. J'en oublie presque mon inquiétude, la maladie qui la dévore, et tout ce à quoi nous devrons faire face une fois qu'on nous aura rattrapés. À la voir comme ça, j'ai l'impression que le temps s'arrête.

Une recherche sur mon téléphone m'apprend que l'enquête avance. Selon un média, nous aurions été localisés. Impossible de savoir si ce n'est qu'un effet d'annonce ou la réalité, mais peu importe. C'est maintenant tout proche et il faut que cela s'arrête. Encore quelques coups de volant et nous y serons. Adèle se réveille peu à peu, ses yeux se plissent sous l'effet de la lumière du jour. Alors qu'elle met la main devant sa bouche pour étouffer un bâillement, je la regarde.

— Et si on allait la voir, cette ruelle ?

Je ne parviens pas à déchiffrer son expression. Quelque chose se passe en elle. Ses mains tremblent légèrement, tandis que les larmes baignent ses yeux. Elle sort du véhicule et s'éloigne de quelques mètres. J'ai l'impression qu'elle ne sait pas où elle est. Qu'elle ne reconnaît rien, et qu'elle voudra bientôt retourner vers le confort de la voiture.

Mais je me trompe, car elle s'éloigne de moi et marche vers ses souvenirs.

32

Je sais que tu es fatiguée, mais regarde là. Regarde ta ruelle, et souviens-toi.

Elle comprend alors pourquoi Mathieu l'a emmenée ici. Elle pensait ne jamais revenir. Elle pose la main sur la façade de sa maison, inspecte sa nouvelle couleur, sa peinture fraîche et ses volets neufs. Elle a de l'allure comme ça, et même si elle n'a plus le charme d'antan, elle se distingue toujours de l'ensemble des bâtiments qui l'entourent. Elle est fière, elle lutte contre les éléments qui voudraient la remplacer, elle plie mais ne rompt jamais. Éternelle, voilà comment Adèle l'imagine, peuplée des fantômes de son passé. Elle est désormais le théâtre de nouvelles vies, d'une famille fabriquant de nouveaux souvenirs entre ces murs, à la même place, sur la même table et dans le même jardin.

Ça sentait la nourriture, chez elle. L'huile d'olive surtout, avec laquelle sa mère cuisinait en permanence. Impensable de ne pas en utiliser dans chacun de ses plats. Au point qu'Adèle se demandait quel était le budget mensuel consacré à l'achat des bidons d'huile. Ses parents avaient beau être sans le sou, ces bidons se vidaient presque aussi vite qu'ils étaient achetés. Adèle n'avait jamais vu sa mère à table avec eux plus de dix minutes d'affilée. Il y avait toujours un plat à remuer, une cocotte à enlever du four, du pain à aller chercher : Manuela ne tenait pas en place et occupait toutes les pièces de la maison à la fois.

Où qu'Adèle aille, elle avait l'impression que sa mère la suivait. Elle l'entendait partout : sa voix qui hurlait depuis la cuisine, ou ses pas, lourds, sur le sol en terre cuite. La maison n'était pas grande, articulée autour d'un long couloir autour duquel s'agençaient les pièces. Pas de décoration aux murs, de bibelots, pas de tapisserie colorée ou de photos encadrées : ils jugeaient cela futile. Ils vivaient dans la maison sans jamais s'y reposer, tant ils travaillaient, cuisinaient, réparaient, faisaient les courses puis s'écroulaient dans leur lit le soir venu. Un joli cadre n'aurait pas fait le ménage à leur place.

Au bout du couloir, une porte ouvrait sur un jardin, où s'épanouissaient trois poules silencieuses et une grande table de jardin, terrain de jeu d'Adèle. Le monde semblait se dévoiler à elle lorsqu'elle levait les yeux. Les nuages lui demandaient de la rejoindre, de grimper, escalader et de s'accrocher à des rafales de vent qui l'emmèneraient croiser le soleil et quelques planètes.

La maison se nichait dans une toute petite ruelle en marge de la ville, où ne passait jamais personne. Personne hormis les amies de sa mère, immigrées espagnoles comme elle, qui parlaient fort, avaient toujours un plat dans leur sac et passaient leur journée à échanger des souvenirs du pays. Elles faisaient partie du décor, et il n'était pas rare que l'une d'entre elles reste avec eux un midi, le soir, ou n'importe quand dans la journée. Elles se répandaient en commérages et scandales, créaient des histoires de toute pièce dans la petite cuisine, chacune apportant sa pierre à l'édifice avant de repartir chez elles en ricanant avec la ferme intention d'en faire profiter tout le village. Les premières romancières qu'Adèle eût jamais rencontrées.

Quant à son père, perdu en permanence dans ses pensées, il parlait peu. Sa toute petite voix contrastait avec sa carrure, celle d'un homme aux avant-bras solides et au ventre généreux. « J'ai juste des gros os », répétait-il toujours. Manuela passait son temps à le sermonner sur son embonpoint avant de lui servir un plat si gorgé d'huile que tout le reste n'était qu'accompagnement.

C'est dans cette ruelle qu'Adèle rencontra son mari, le grand et moustachu, le gentil Joseph. Il venait livrer du lait à ses parents, sur une mobylette toute branlante sous son poids. À dix-sept ans, il pesait déjà cent kilos et avait des paluches plus imposantes que certains hommes de vingt ans de plus, mais il restait un adolescent empoté, se cognant partout, se prenant les pieds dans les tapis, n'arrivant pas à aligner trois mots quand Adèle sortait récupérer la brique de lait. Il espérait toutefois secrètement qu'elle vînt l'accueillir. Il s'imaginait l'emmener sur sa mobylette, lui promettre mille choses, lui montrer que le monde comptait une infinité de ruelles plus belles que celle à laquelle elle était attachée. Adèle, elle, ne rêvait plus de prince charmant depuis longtemps et mettait son énergie au service de sa mère, qui oubliait de plus en plus de choses à mesure que les années passaient.

Adèle acheta à cette période un appareil photo, son premier, un investissement considérable. Tous les jours, elle allait toquer chez M. Paul, un vieil homme qui tenait le studio de photo du quartier pour manipuler les appareils, les soupeser, leur ouvrir le ventre et voir ce qu'ils contenaient. Tous les murs de la maison étaient occupés par des photos encadrées, parmi les plus belles qu'Adèle ait pu voir. Elle harcelait M. Paul, pour tout maîtriser de son appareil et rapidement : elle voulait immortaliser les traits de sa mère avant qu'elle ne se reconnaisse plus dans un miroir.

Elle mitraillait, changeait d'objectif, capturait, changeait d'angle, tournait autour de ses sujets avant de les figer pour toujours. Elle allait ensuite développer ses photos chez M. Paul, qui, en plus de ne rien lui faire payer, lui prodiguait des conseils pour s'améliorer. Ils se rassemblaient au-dessus du papier argentique sur lequel ils soufflaient pour le faire sécher avant de l'admirer. Un drôle de duo.

Quand elle eut l'âge, Adèle prit ses affaires, ses photos et s'installa dans un appartement depuis lequel elle voyait le toit de la maison de ses parents et le jardin où, petite, elle passait des heures à jouer. Ses frères et ses amis n'étaient plus là et sa sœur lui manquait. Mais Joseph était présent. Avec sa mobylette et ses grandes mains qu'elle avait un jour prises dans les siennes pour guider une danse. Elle aimait tout chez lui : ce corps trop grand, ces épaules assez larges pour qu'elle y pose la tête et s'y endorme, ces pieds si petits pour un homme si fort. C'était ça, Joseph, un jeu de contraste. Des manières délicates dans un corps de gorille. Le torse du boxeur et les mots du poète.

Adèle rendait tous les jours visite à sa mère. Elle refusait de la laisser seule, et de s'en aller sans regarder en arrière. Elle apportait ses photos qu'elle éparpillait sur la table du salon et les montrait inlassablement à Manuela, espérant que parmi elles, certaines lui rappelleraient des visages, des scènes, des lieux, ou n'importe quel souvenir minuscule enfoui dans un recoin étrange de sa mémoire. Chaque fois, elle repartait les bras chargés de photos et le cœur lourd de regrets.

Alors, elle recommençait le lendemain et les jours d'après. S'il le fallait, elle referait tout le chemin avec sa mère pour qu'elle ne se perde pas en route, lui tiendrait la main et lui indiquerait les pièges, lui pointerait des visages et lui raconterait ce qu'ils cachaient. Adèle rentrait chez elle épuisée. Elle revoyait sa mère, ses expressions vides, l'absence de relief de ses traits. La vieillesse la rongeait. Elle pensait à son père parti avant que tout cela ne commence. Elle pensait à tout cela en tombant dans les bras de Joseph, qui la couvrait de baisers, l'embrassait sur le front, et la guidait vers la chambre de leurs enfants. C'était leur vie, cette ruelle où il ne se passait rien, leurs racines à tous les deux, deux arbres solides refusant de se laisser emporter par les éléments.

Mathieu sort une photo de sa poche. Il n'y a qu'une porte dessus, grande et marron, à la poignée élimée. Il met la photo à hauteur de ses yeux, de façon qu'elle se superpose avec la réalité. La poignée a été remplacée, elle est désormais noire, moderne, tout comme la serrure, plus solide et moins branlante. Elle paraît infranchissable alors que celle de la photo semblait pouvoir être ouverte par n'importe qui, comme si le premier venu pouvait entrer et se faire inviter pour dîner.

Toutes les maisons sont repliées sur elles-mêmes, craintives. Elles ont des portails, des rideaux opaques aux fenêtres, des plantes hautes qui cachent les jardins de la vue des badauds, des autocollants « pas de pub ! » collés sur des boîtes aux lettres minuscules. Adèle se rappelle qu'elle adorait se plonger dans les prospectus, regarder les objets qu'elle ne pouvait pas avoir mais dont elle rêvait, les jouets qui ne seraient jamais entre ses mains mais qu'elle se faisait la promesse d'offrir à ses enfants. Sa ruelle a changé.

Elle est devenue morne, uniforme et sans couleurs. Elle manque de vie. Adèle se demande si de grands hommes sur des mobylettes viennent toujours livrer du lait à ses habitants. Sûrement pas. Elle repense à son Joseph, c'était un sacré numéro. Un peu mou parfois, elle devait souvent le secouer. Mou, sauf lorsque leur fille n'était pas rentrée une demi-minute après l'heure qu'elle leur avait donnée. Il grimpait alors sur sa mobylette et faisait le tour du quartier pour la chercher : il serait allé jusqu'au bout du monde. Joseph était ce genre d'homme-là, prêt à tout pour ceux qu'il aimait. Qu'aurait-il dit s'il était avec elle, à cet instant ? Sans doute pas grand-chose, puisqu'il ne parlait pas beaucoup. Elle donnerait tout pour se blottir dans ses bras, respirer son odeur réconfortante, sentir sa moustache lui chatouiller le cou et effleurer son front alors qu'il y déposerait un baiser.

Adèle lève les yeux en direction de son appartement. Avant qu'elle n'ait eu le temps de l'observer, Mathieu dégaine une autre photo de sa poche, pour la replonger dans son passé avant qu'elle découvre la réalité. Adèle écarte doucement la photo de Mathieu. Elle voit un homme sur le balcon, allongé sur une chaise longue et les deux pieds posés sur une table juste devant lui. Il fume une cigarette et contemple le ciel. Combien de livres a-t-elle lus, ici ? Combien de photos a-t-elle prises depuis cette terrasse ? Combien de temps est-elle restée debout, les deux mains accrochées à la rambarde, les yeux fixés sur la maison de ses parents, craignant que sa mère n'en sorte et disparaisse pour toujours ? Ce balcon était son poste d'observation, l'endroit depuis lequel elle dominait le quartier, se nourrissant de toutes les histoires qui s'y écrivaient.

Et voilà qu'un homme qu'elle n'a jamais rencontré a pris possession de sa terrasse, de son sol et de sa rambarde. Il ne regarde même pas vers le bas. C'est le problème avec les hommes de nos jours, pense Adèle, ils rêvent toujours de ce qu'ils ne peuvent atteindre, la tête dans les nuages mais les pieds dans la boue. « Regarde-moi ! voudrait-elle hurler. Baisse les yeux et regarde comme je suis vieille mais combien j'ai vécu, comme je suis fragile mais combien de corps j'ai portés sur mes épaules, combien je suis vivante ! »

Elle voudrait le supplier de la laisser retourner sur son balcon ne serait-ce qu'un instant, l'autoriser à admirer de nouveau le toit des maisons, le sommet des arbres, les enfants qui jouent au foot, respirer l'odeur des cheminées qui brûlent, entendre Joseph l'appeler depuis le salon.

Elle veut que tout redevienne comme avant. Ce n'est pourtant pas le bout du monde.

33

Une voiture grise, longue, un vieux modèle assez classe. Voilà comment le campeur a décrit la voiture dans laquelle une grand-mère et un homme plus jeune avaient détalé. Jo avait laissé Clément se charger de l'interrogatoire. Ses gestes empotés lui tapaient sur le système mais il faisait son boulot avec assez de sérieux pour qu'elle n'ait pas à le remettre en permanence sur le droit chemin. Le type qui accompagnait Adèle avait été violent, puisqu'il avait cassé la mâchoire d'un autre homme, « assez balèze lui aussi ». Jo voulait bien le croire, mais Clément étant l'exact inverse de quelqu'un d'« assez balèze », il fallait prendre le qualificatif avec précaution. Reste que ce Mathieu n'est définitivement pas la personne que beaucoup décrivent. La tâche se complique.

Jo s'arrête sur le bord de la route pour attraper son téléphone rangé dans le sac à main posé sur la banquette arrière. Elle se surprend à sentir son cœur s'emballer en composant le numéro de Benjamin.

Elle a besoin qu'il la rassure, et dise qu'elle prend la bonne décision, sans comprendre pourquoi elle cherche son approbation, elle qui a toujours tout voulu faire seule, et surtout sans les hommes. Eux qui ne peuvent pas saisir ce qu'elle ressent quand elle se promène seule dans une rue sombre, qu'elle entend des pas qui frappent les pavés derrière elle, et qu'elle accélère doucement, puis franchement, jette un coup d'œil par-dessus son épaule, croit qu'on l'approche, court, sprinte, bifurque dans une autre rue, à bout de souffle. Eux qui n'imaginent pas ce qu'elle porte en elle, ni ce qu'elle voudrait leur faire, à ces types qui la sifflent quand elle passe, la reluquent sans se cacher, l'appellent et la provoquent. Benjamin est le premier qu'elle n'a pas envie de massacrer lorsqu'il se tient près d'elle.

Il répond. Sa voix chaude l'enveloppe, même s'il s'inquiète quand elle annonce qu'elle s'apprête à intervenir seule face à deux personnes. Mais la décision de Jo est prise depuis bien longtemps. Elle reprend la route, apaisée de lui avoir parlé, et après quelques minutes, arrive dans la petite ville. Elle y croise une église d'une taille impressionnante et aux vitraux colorés, des maisons inhabitées, une vieille dame voûtée qui la regarde curieusement et une boulangerie dont la façade, peinte en jaune pétant, représente une salamandre détonnant dans cet environnement. Elle longe ensuite un bureau de tabac dont sort un homme avec un béret gris et un pantalon de treillis, puis un magasin d'informatique dont la vitrine affiche des écrans d'ordinateur de tailles différentes. Le GPS lui dit de tourner à gauche, juste là, et « votre destination se trouve sur la droite ». Elle obéit.

Une voiture grise est garée juste devant elle.

34

J'entends un bruit de portière qu'on claque, mais préfère ne pas y prêter attention. Je me tiens toujours derrière Adèle, mes deux mains sur ses épaules. Elle fixe un point au loin sans bouger et marmonne des phrases inaudibles. Puis elle regarde ailleurs, fait la même chose. Son attention se porte sur des éléments que personne n'aurait pris le temps de considérer.

Je la laisse seule pour lui permettre de respirer. Je veux qu'elle prenne le temps de tout imprimer dans sa mémoire. Je me dis que si elle reste suffisamment de temps ici, peut-être n'oubliera-t-elle jamais ces moments. J'espère qu'elle les emmènera avec elle, qu'ils lui tiendront compagnie quand elle se sentira seule, de retour dans sa maison de retraite. Mais je sais que ça n'arrivera pas, et que tout s'évaporera d'ici quelques heures. Les illusions sont souvent préférables à tout le reste. Je m'assieds sur un banc pour attendre le temps qu'il faudra.

Des bruits de pas, d'abord lointains puis de plus en plus près, résonnent dans la ruelle où tous les sons sont décuplés. Une femme à la démarche hésitante. Je perçois un renflement sous son haut noir et crois deviner la forme de la crosse d'un pistolet.

Je suis pétrifié, aimerais bouger, courir vers ma grand-mère, lui dire de partir, qu'elle l'a assez inspecté, cet immeuble, qu'elle l'a assez vue, cette porte qui ne ressemble plus à celle de son enfance. Mais je reste là. J'essaye de réfléchir à toute vitesse, tout se mélange dans ma tête. J'envisage un instant de partir et de laisser ma grand-mère ici, mais je change d'avis.

Je change d'avis et me relève enfin.

35

En voyant Mathieu, Jo, par pur réflexe, pose la main sur son arme. Elle ne peut pas voir ses yeux, mais tout dans son attitude inspire la méfiance et la panique. Cet homme n'a rien d'un criminel ni d'un fou furieux, se rappelle Jo. Juste un gars perdu, rattrapé par les événements. On dirait qu'il a envie que ça se finisse. Elle remarque ses lèvres gonflées et ses pommettes tuméfiées. Il se tient un peu voûté et peine à rester debout. Elle resserre sa main sur son pistolet et s'approche.

À mesure que la distance se réduit, Jo distingue aussi Adèle, sortie de sa torpeur par le bruit d'une porte de garage. Elle a l'air plus fatiguée que sur les photos, ses vêtements paraissent sales, et n'ont probablement pas été lavés depuis plusieurs jours. Elle n'a pas de maquillage et sa coiffure part dans tous les sens. Pourtant, elle ne semble pas avoir été maltraitée. C'est même tout l'inverse.

Si Jo décèle une pointe d'affolement dans ses yeux, Adèle a l'air surtout soulagée, comme une personne qui serait enfin arrivée chez elle après des années passées sur la route.

Adèle trouve que la femme qui s'approche n'a pas l'air sûre d'elle. Elle marche mais semble faire du surplace. Tout dans son attitude trahit l'anxiété, la tension et la peur. En plus, sa jambe gauche la fait visiblement souffrir. Cette femme ne devrait pas être là, se dit-elle.

Pourquoi la grand-mère la dévisage-t-elle comme cela ? Et pourquoi marche-t-elle vers elle ? Jo la regarde s'approcher, et même si elle doit être plus vieille de quarante ans, elle a presque l'air plus vigoureuse que Jo ne l'a jamais été. Elle transpire la bonté et la douceur. Son corps est la promesse des plus douces étreintes, et même si elle est un peu dégingandée, elle inspire la confiance. Comme si elle était capable de lire en vous, et de figer un sourire sur des plaies ouvertes.

Adèle ne peut pas laisser cette jeune fille comme ça. Elle n'a jamais réussi à ne pas s'inquiéter pour les autres, surtout quand ils semblaient perdus depuis si longtemps.

Tandis que Mathieu contemple cette scène étrange avec un mélange de crainte et de curiosité, Jo laisse la grand-mère la rejoindre.

Et Adèle ouvre grand les bras pour l'accueillir.

36

J'avais imaginé cette histoire petit à petit, inventant des personnages qui plairaient à ma grand-mère, grossissant leurs traits pour qu'ils la déridents. J'ajoutais des détails à mesure que je la racontais, des scènes pour la faire sourire ou pleurer, en m'appuyant souvent sur ses photos. Je n'ai jamais été romancier mais je deviendrais n'importe qui pour elle. Je lui écrirais les histoires les plus palpitantes, rédigerais les plus élégants des poèmes. Je lui dirais tout ce qu'elle voudrait entendre et répondrais à ce qu'elle n'oserait jamais demander. Et ça me tue de tout conjuguer au conditionnel, ça me brise d'être contraint de bercer Adèle d'illusions jusqu'à ce qu'elle s'endorme. De la laisser là, loin de la ruelle de son enfance, de la laisser ici parce qu'elle n'a pas la force, n'aura plus jamais la force, d'aller ailleurs. Marcher jusqu'à la salle à manger est déjà une petite épreuve.

Bientôt, il ne restera que des fantômes pour me tenir compagnie. J'écouterai des musiques sans mots, mais avec beaucoup de sons, distordus et lointains. Voilà à quoi ressemblera la vie sans Adèle. Une succession de petits riens qui ne formeront plus jamais un grand tout, qui resteront éparpillés aux quatre coins de mon cœur. Il n'y aura plus de sourire bienveillant, de regard protecteur, plus de proverbes rigolos ou de paroles rassurantes. Il n'y aura plus de larmes de tendresse, plus de main ridée mais solide. Personne à aller voir en cas de coup dur, plus de baisers sur le front ou de « je t'aime » à la volée, de main qui serre une autre main.

Il y aura une absente autour de la table, celle qui trônait toujours au centre, faisant graviter son monde. Celle dont on s'occupait sans en avoir conscience, pour qui l'on s'inquiétait sans en avoir l'air. Elle n'habitera plus que des mémoires, puis son visage perdra de ses couleurs, ses contours deviendront flous. Il restera du vide et des décors auxquels il manque quelque chose. Le temps a cet effet sur les absents, il ne garde que de vagues silhouettes, mouvantes. Insaisissables.

Je voudrais la secouer parfois, lui remettre les souvenirs en place, pour qu'elle se réveille, et redevienne comme avant, quand elle était plus que ça, plus que cette demi-vie. Mais Adèle ira là où je ne pourrai la rattraper, malgré tout mon amour, malgré toute ma force, même si je hurle pour qu'elle revienne. Elle filera, quoi qu'il arrive, entre mes doigts.

Adèle est partout, tout le temps, dans le café que je bois le matin, derrière des portes qui s'ouvrent, dans les plats que je déguste, les rêves qui m'habitent, les mots que je couche, les livres que je dévore, les chansons qui me bercent.

J'enlève mes mains des siennes. Elle commence à somnoler, alors je recouvre son corps avec le drap qui était en boule au pied du lit. Je lui remonte jusqu'au cou, et tandis que sa respiration se fait plus lourde, je lui embrasse le front, tendrement. Je m'éloigne du lit, remets la chaise de bureau en place puis éteins la lumière de la chambre, en espérant que mon histoire lui tiendra compagnie, qu'elle se sentira vivante dans les rêves qui la feront danser.

Et si ce n'est pas le cas, je recommencerai demain, puis le jour d'après.

Jusqu'à ce qu'il ne reste plus rien, sinon des souvenirs à rattraper et des portraits à redessiner.

Remerciements

Merci aux équipes de JC Lattès et de La Grenade d'avoir donné vie à ce livre, d'y avoir cru et de l'avoir défendu. Merci à Mahir Guven et Augustin Langlade pour tout ce qu'ils savent déjà. Notre rencontre a changé ma vie d'auteur. Un merci particulier à Marie Grée pour son travail acharné et toujours juste sur le manuscrit, merci d'avoir embelli ce livre, merci pour sa gentillesse et sa disponibilité.

Merci à cet éditeur de m'avoir dit que je devrais me contenter d'écrire des livres sur la musique : il a été une motivation supplémentaire et j'espère que ce roman est le premier d'une longue liste. Merci au personnel travaillant en maison de retraite : il mérite tout notre soutien et toute notre reconnaissance. Merci à Aurel et Loris d'avoir accompagné Adèle jusqu'à aujourd'hui et d'être les meilleurs amis du monde. Merci à Ben et Amélie d'avoir été de si solides appuis. Merci à Raph, Seb et zo. pour nos conversations presque quotidiennes et leur soutien. Merci à Julie, Max et Greta pour leurs encouragements constants et précieux. Merci à Mo' et Tuerie de montrer comment se courent les plus beaux marathons. Merci à Kobe et Nipsey pour l'inspiration. Merci à Will, à mon parrain et à mes deux grand-mères : vous serez toujours avec moi, toujours derrière mes pages. Merci à mes parents, à ma sœur, à Elena et à Yoko pour tout le bonheur et l'amour qu'ils me donnent au quotidien. J'écris simplement pour les rendre fiers, rien d'autre ne compte.

Merci à Cécile de chasser les nuages qui planent trop souvent au-dessus de moi, merci pour tout le soleil qu'elle fait entrer dans ma vie.

Crédits chanson

P. 129 « *Think* », figurant sur l'album *Aretha Now*, 1968.
Interprétation : Aretha Franklin
Composition : Aretha Franklin et Ted White
Production : Jerry Wexler
Source : Rhino Atlantic

Cet ouvrage a été composé par Nord Compo

Imprimé en France par
CPI BUSSIÈRE (18200 Saint-Amand-Montrond)
en avril 2024

pour le compte des Éditions J.-C. LATTÈS
17, rue Jacob – 75006 Paris

PAPIER À BASE DE FIBRES CERTIFIÉES

JC Lattès s'engage pour l'environnement en réduisant l'empreinte carbone de ses livres. Celle de cet exemplaire est de :
550 g éq. CO_2
Rendez-vous sur www.jclattes-durable.fr

N° d'édition : 01 – N° d'impression : 2078007
Dépôt légal : mai 2024
Imprimé en France